DEMON

Kink Club #2

DANA BLUE

DEMON

KINK CLUB #2

ROMAN

HARPERCOLLINS FRANCE
83-85, boulevard Vincent-Auriol, 75646 PARIS CEDEX 13.
www.harlequin.fr

ISBN 978-2-2804-9589-9 — ISSN 2271-0256

Avant de vous aventurer dans ce roman, j'aimerais vous avertir de certaines thématiques qui y sont traitées. Si celles-ci sont de quelque manière que ce soit préjudiciables à votre santé mentale, je vous invite sincèrement à prendre le temps de la réflexion.

Ce roman contient des scènes de sexe explicites recommandées aux plus de dix-huit ans, des mentions d'agressions passées, d'homophobie internalisée, de suicide, et des scènes de BDSM.

1

Damien se trouvait derrière le bar, discutant avec un client, tout en lui servant une boisson. Il y avait une règle au Leather & Pleasure Club, dont il était le propriétaire : plus de jeux après avoir bu. Il s'assurait que tous les clients en étaient bien conscients avant de leur servir un *rhum & coke*.

Cela faisait plusieurs années qu'il avait ouvert ce club BDSM. Au départ, il ne s'attendait pas à ce que l'endroit ait autant de succès, c'était un lieu plutôt confidentiel… et ça avait tendance à faire fuir les non-initiés. Puis, le BDSM était revenu à la mode et beaucoup de personnes avaient voulu essayer. Le Leather & Pleasure Club avait gagné en popularité. Aujourd'hui, bien que le club demeure ouvert à tous, il fallait une carte de membre pour accéder aux salles de jeux situées à l'arrière et les membres étaient soigneusement choisis. Non seulement une vérification de leurs antécédents judiciaires était réalisée, mais ils devaient également se faire régulièrement tester pour les maladies infectieuses pouvant être sexuellement transmissibles. Ce n'était pas un de ces clubs crades et un peu louches… Non, le Leather & Pleasure Club était luxueux, tout en cuir, rouge et noir, un endroit pour l'élite désirant vivre un moment de luxure sans aucun interdit après une épuisante journée de travail.

— Monsieur, l'interpella soudain un des serveurs, le mec de l'autre soir est revenu… Il insulte tout le monde et il fout la merde. Une bagarre va finir par éclater s'il continue. Est-ce que je dois appeler la police pour le faire sortir ?

La main du Dom se crispa sur la bouteille de rhum. Il en avait plus qu'assez. C'était la troisième fois qu'un employé de son bar lui disait avoir eu affaire à un importun homophobe venu semer la pagaille. Il n'aimait pas que l'on vienne troubler la quiétude de son club où les gens venaient se relaxer et assouvir leurs fantasmes en toute tranquillité sans jugement extérieur.

— Ce n'est pas la peine, je vais m'en occuper moi-même.

Tout en gardant son calme, malgré l'énervement qu'il ressentait, Damien reposa la bouteille d'alcool et, après avoir salué le client qu'il venait de servir, contourna le bar pour sortir.

— Montre-moi où il est.

Le serveur hocha la tête et le guida à travers la foule jusqu'à la source du problème. Plus ils avançaient, moins l'homme était difficile à trouver. Les insultes homophobes du gars bourré s'entendaient même par-dessus la musique du club :

— Sales PD ! Vous devriez avoir honte !

Puisqu'une bagarre semblait sur le point d'éclater entre l'inconnu et un client, le *doorman* s'avança pour rattraper l'homme et le jeter dehors, mais Damien lui fit signe de ne pas approcher. Il voyait noir et était plus qu'énervé par ce connard homophobe qui se croyait tout permis. Revêtant une expression des plus sombres – que seuls ceux ayant connu Demon connaissaient –, il se dirigea vers le trouble-fête d'un pas décidé. Il retroussa les manches de sa chemise, puis prenant l'individu par surprise, le frappa au ventre. L'homme perdit pied, et Damien en profita pour lui rentrer dedans comme un bélier. Il le plaqua fermement contre un des murs du club, lui remontant les poignets au-dessus de la tête.

D'abord surpris, les clients s'écartèrent pour le laisser passer et se tinrent en retrait, observant avec curiosité la scène. Ils voulaient tous savoir ce qui allait suivre… Ce n'était pas tous les jours qu'un fauteur de troubles attisait suffisamment la colère de Damien pour qu'il se donne la peine de sortir de derrière son bar.

L'impact fit tomber la capuche de l'homme, et Damien eut le

souffle coupé lorsque son regard se plongea dans les yeux d'un bleu profond de son vis-à-vis, dont la mâchoire était contractée et dont chacun des muscles était tendu à l'extrême. Le regard du jeune homme affichait la surprise, un peu la panique aussi. Il tenta de se débattre pour échapper à son rival, mais Damien était fort et maintint sa prise sans trop de difficulté.

— Ce club est à moi et je n'apprécie pas qu'on vienne y foutre la merde, lâcha-t-il.

Pour toute réponse, l'homme lui cracha au visage. Son haleine sentait l'alcool.

— Sales tapettes, vous êtes toutes les mêmes !

De sa main libre, Damien s'essuya, puis il prit une grande respiration pour tenter de conserver son calme. Néanmoins, ses nerfs étaient à vif. Sa main vint ensuite glisser le long des côtes de l'homme qui frissonna, puis sur son pantalon, tendancieuse.

— Vous cherchez à me violer ! Je savais bien que c'était ce que vous faisiez dans ce genre d'endroit ! siffla son prisonnier.

Le propriétaire du bar secoua la tête. Il n'y avait rien qui l'énervait plus qu'une personne parlant du BDSM sans en connaître les rouages. Il eut un sourire victorieux lorsqu'il trouva finalement ce qu'il cherchait : à savoir, le portefeuille de l'homme dans sa poche. Il ouvrit le petit étui de cuir et observa les papiers d'identité.

— Maître Cole Walker.

Le dénommé Cole se figea en entendant son prénom de la bouche de Damien.

— Eh bien, ce serait dommage de gâcher une carrière aussi prometteuse d'avocat à cause d'un malheureux casier judiciaire, non ? Je pourrais appeler la police et te faire arrêter tout de suite. Mais j'ai une meilleure idée. Tu sembles avoir besoin qu'on t'enseigne la discipline, alors accepte de te soumettre à moi et je ne vais pas appeler les flics.

Cole serra les dents plus fort.

— Vous êtes fou. Il n'en est pas question !

— Mauvais choix, dit Damien en secouant la tête, avant de se tourner vers le *doorman*. Kalvin ! Viens ici et apporte-moi le téléphone !

Cole sentit alors toute l'urgence de la situation. Il venait tout juste d'obtenir son diplôme après des années et des années d'étude. Il ne pouvait pas se permettre de tout perdre ainsi ! Il avait encore l'esprit assez clair pour comprendre ça.

Il fixa Damien du regard, puis crispa la mâchoire. Il marcha finalement sur son ego et dit :

— Non, arrêtez ! C'est bon ! Je m'en fiche, mais n'appelez pas la police !

Damien fit signe à Kalvin de s'arrêter, puis un sourire carnassier étira ses lèvres lorsqu'il se retourna vers Cole.

— Très bien. Viens avec moi dans mon bureau. Nous avons besoin de discuter...

Cole eut un rire désabusé.

— Et comment dois-je appeler mon nouveau démon ?

Damien sourit à nouveau. Cole pouvait bien rire et se moquer, il ne savait pas du tout ce qui allait lui arriver.

— Tu l'as dit toi-même. Pour toi, ce sera Demon.

2

Ils traversèrent tout le club et grimpèrent un escalier jusqu'à arriver à une porte vitrée que le Dom poussa, puis referma derrière eux. La pièce était meublée avec chic, insonorisée. C'était une mezzanine avec une grande baie vitrée qui permettait à Damien de surveiller tout le club depuis son bureau.

— Va t'asseoir là, lui indiqua Damien en désignant un fauteuil devant un bureau en bois sombre.

Il obéit silencieusement pendant que Damien allait récupérer des papiers dans les tiroirs d'un classeur. Il revint vers lui en lui tendant une copie et un stylo. C'était un contrat. Cole était avocat. Ses yeux le parcoururent rapidement, et il commença à froncer les sourcils d'incompréhension.

— Rien de tout cela n'a de valeur légale, affirma-t-il sans comprendre de quoi il retournait.

— Je sais, répondit calmement Damien. Il a une valeur morale pour les gens de ce club. Une valeur entre toi... et moi. Mais si tu viens au Leather & Pleasure Club... tu dois le savoir, non ? On n'atterrit pas ici par hasard. Rien que pour pouvoir entrer, c'est une petite somme... Qu'est-ce qui t'attire *vraiment* ici, Cole ?

Le Dom plongea ses yeux dans ceux du jeune homme comme s'il pouvait lire son âme. Cole se sentit frissonner des pieds à la tête. Le regard intense du barman le mettait mal à l'aise. Sa gorge était sèche.

— Je...

Damien haussa les épaules.

— Je me demande vraiment les raisons qui pousseraient une personne trouvant nos pratiques « dégoûtantes » à venir ici à plusieurs reprises. Tu sembles avoir beaucoup de colère en toi, Cole… Qu'est-ce que tu fais ici ?

Le jeune homme n'arrivait plus à formuler des phrases complètes, pas plus qu'il n'avait les réponses aux questions posées par le propriétaire du bar. Il serra les poings, se sentant pris au piège.

— Je ne te retiens pas, ajouta Damien en s'approchant de lui pour lui effleurer le menton. Si tu me promets de ne plus jamais remettre les pieds dans ce club, je te laisse partir… mais si tu as envie de connaître les plaisirs interdits et les sensations les plus extrêmes, de plonger dans les désirs les plus enfouis en toi… ou juste envie de te connaître toi-même, de savoir ce qui te fait revenir ici semaine après semaine… je me ferai un plaisir de te le… *montrer*.

Non, il ne pouvait pas se laisser convaincre par ce genre de promesses. Ce club, ces gens… c'était tout ce qu'il détestait… non ? Alors… pourquoi était-il… *curieux* ? Pourquoi cela faisait-il trois fois qu'il venait ici ? Pourquoi ses pas le conduisaient-ils au seul endroit où il pensait ne pas vouloir aller ? Ou était-ce les fantômes de son passé qui l'incitaient à se repentir ?

— Tu te videras la tête, lui promit Damien sur un ton aussi séducteur que dangereux, tu évacueras toute cette colère. Comment peux-tu dire que tu détestes cela si tu n'as jamais essayé ?

Cole frissonna encore. Il était troublé. Il avait bu, mais ce n'était pas l'alcool qui lui procurait ce genre de sensations et lui faisait tourner la tête. C'était la voix grave du barman qui semblait caresser doucement sa nuque. Puis… s'il n'acceptait pas… Demon allait sûrement faire venir les flics… non ? Certes, il lui avait dit qu'il ne le ferait pas… mais il mentait sûrement. Ou est-ce qu'il cherchait seulement une excuse pour accepter sans vouloir admettre que la curiosité le dévorait ?

— Prends le temps de bien lire et signe maintenant… ou ne reviens plus jamais dans ce club. Alors… que choisis-tu, Cole ?

Le jeune homme se mordit la lèvre, hésitant. Toutes les questions et les émotions s'entrechoquaient dans son esprit. Sa gorge était sèche, sa respiration courte et son cœur battant. Il releva les yeux sur Demon… L'homme était beau. Ça, c'était certain. Ses cheveux étaient couleur sable, sa peau tannée et ses yeux ambrés, presque jaunes. Puis, il était grand, plus grand que lui. Ça n'arrivait pas si souvent. Il se dégageait de lui une sorte de magnétisme… et de dangerosité qui, au lieu d'être dérangeante, le faisait frissonner d'appréhension… mais aussi de plaisir.

Mais malgré cette attirance inavouable, Cole essayait encore de se convaincre que c'était la peur de se retrouver avec un casier judiciaire qui guidait sa décision.

Il déglutit lentement puis, en évitant le regard perçant de Damien, il s'empara du stylo pour apposer son nom au bas du contrat de soumission. Il releva les yeux sur le Dom qui l'observait avec un air à la fois surpris et satisfait.

En toute honnêteté… Damien était persuadé qu'il allait se dégonfler… sans doute. Pour autant, il essayait de le cacher et d'agir comme si tout était prévu. Il se racla la gorge.

— Merci, Cole, dit-il en récupérant le contrat pour le signer à son tour. Une des premières règles du BDSM, c'est qu'il n'y a pas de jeux sous l'emprise de l'alcool. Rentre chez toi ce soir et repose-toi. Assure-toi de régler ton loyer ou toute autre chose importante et de prévenir tes amis que tu seras absent quelque temps, prévois au moins quatre jours de congé. Je t'attends ici à 9 heures samedi matin. Cela devrait te laisser le temps de tout faire.

Cole déglutit. Il n'aimait pas du tout ce qu'il entendait et encore moins comment cet homme dont il ne connaissait même pas le véritable prénom cherchait à gérer sa vie. Pour autant, il était curieux de ce qui allait se passer.

— OK…

Damien ouvrit un des tiroirs de son bureau pour y ranger le contrat et il en profita pour attraper autre chose.

— Une dernière chose, dit le Dom avec un sourire amusé.

Cole vit qu'il tenait un collier en cuir dans le creux de sa main. Un anneau de métal discret positionné sur le devant permettait d'attacher une laisse.

— Je veux m'assurer que tu penses à moi et que tu n'oublies pas notre rendez-vous de samedi, ajouta Damien. Avec ce petit bijou, tu n'oublieras rien.

Le barman contourna le bureau, puis le fauteuil et attacha le collier de cuir noir autour de la gorge de Cole qui ne put réprimer un frisson lorsque les doigts de l'homme touchèrent son cou.

— Tu ne dois le retirer sous aucun prétexte, murmura Damien à son oreille.

Cole fronça les sourcils.

— Hé ! Et comment je suis censé aller au travail et rencontrer mes clients avec ça ? demanda-t-il en pointant le collier serré autour de sa gorge.

— Oh ! je suis persuadé que tu trouveras un col roulé dans ta garde-robe, se contenta de lui répondre le Dom avec amusement.

Damien ne s'était plus senti aussi excité à l'idée de jouer avec un soumis depuis longtemps. Les réactions de Cole étaient parfaites. Il était plus qu'impatient de commencer le vrai jeu…

3

Cole était nerveusement retourné chez lui, un appartement chic qu'il louait à quelques rues du club de Damien. Cet appart, c'était le premier truc qu'il s'était offert après avoir passé ses derniers examens. En tenant son diplôme entre ses mains, ce jour-là, il avait enfin eu l'impression de rendre son père fier. Puis, il avait déménagé pas loin de son cabinet. Il s'était tellement privé durant ses études que c'était agréable d'avoir enfin un endroit à lui. Le seul problème, c'était que ça manquait un peu de personnalité. L'appartement était déjà meublé quand il l'avait loué. Et l'ensemble était certes très joli – très épuré et moderne –, mais ça ressemblait à un appart de magazine de décoration. Il n'avait pas encore trouvé ni le temps ni l'envie de personnaliser cet endroit.

Le soir de son altercation avec Damien, il s'était couché dès qu'il avait mis un pied dans l'appart et avait mal dormi. Son trouble n'avait fait que grandir depuis la veille. Il en voulait à mort à cet homme au regard miel pour lui faire subir toutes ces choses. Il n'arrêtait pas d'y penser. Et, à chaque fois, le dégoût et la curiosité l'envahissaient. Deux sentiments parfaitement contradictoires.

La vérité était qu'il ne voulait pas y retourner. Il avait un peu bu hier, comme tous les autres soirs, et il n'avait pas pu s'empêcher de rentrer dans ce club et de hurler. C'était plus fort que lui, ça lui soulevait le cœur. Comment ces hommes pouvaient-ils oser s'afficher ainsi ? C'était révoltant ! C'était ce que son père lui avait toujours dit depuis qu'il était petit.

Et maintenant, pour éviter les flics et la prison, il allait accepter de se soumettre à l'un d'eux durant quatre jours ? Il devait être devenu fou... d'autant qu'il frissonnait dès qu'il repensait à la stature de Damien, à son visage, ses muscles... *Merde*... Qu'est-ce qui n'allait pas chez lui ?

Le lendemain, il peina à se regarder dans le miroir. Ses yeux d'un bleu profond n'arrêtaient pas de repasser sur le collier qui serrait sa gorge comme un étau, ultime rappel du pacte qu'il avait passé avec le démon.

Régler ses papiers, payer son loyer, ses assurances et son électricité lui avait pris quelques jours. Il avait également dû envoyer un mail pour annuler ses rendez-vous des prochains jours et prévenir tout le monde qu'il partait quelque temps prendre du repos là où il n'aurait pas accès à une connexion Internet. Il passa le reste de la semaine à appréhender le long week-end qui l'attendait. Qu'est-ce que Damien allait lui faire... ? Dans quoi s'était-il embarqué ? Il pouvait encore battre en retraite. Le contrat qu'il avait signé l'autre jour n'avait aucune valeur légale. Il n'avait qu'à ne pas se rendre au rendez-vous, ne plus retourner dans ce club... et ce serait terminé : pas de week-end pénible à traverser ni de problèmes avec le propriétaire. Bon, il y avait encore le souci concernant les flics... Le bar avait sûrement des caméras ayant capturé chaque minute de ses agissements et pouvant causer pas mal de tort à sa réputation. Mais Damien avait dit que s'il ne revenait pas, il le laisserait tranquille. Alors, vraiment... il pouvait partir, il n'était pas forcé d'aller là-bas...

Alors pourquoi, par tous les saints, s'était-il retrouvé assis dans ce taxi pour se rendre au club de Damien le samedi suivant ?! La porte était déverrouillée et, dès qu'il entra, l'ambiance froide et pesante de l'endroit le frappa instantanément. Il avait l'impression d'avoir perdu quelques degrés. Le problème n'était pas tant le club que l'homme qui était déjà là à l'attendre. Terminant de laver ses verres, Damien se tourna vers lui à son approche, lui lançant un regard à la fois surpris et séducteur.

— Alors, tu es venu... J'étais persuadé que tu te dégonflerais. Je suis agréablement étonné.

Damien contourna son bar pour venir se mettre devant le jeune homme.

Cole déglutit en réalisant que le Dom portait un pantalon de cuir assorti à un blouson du même matériau ouvert sur son torse musclé. Il avait revêtu un véritable costume de dominateur.

— Pourquoi es-tu venu, Cole ?

— La police...

Damien secoua la tête. Cole mentait et il le savait. Il pouvait lire en lui comme dans un livre ouvert. *Autre chose* le poussait à venir...

— Je ne te crois pas. Je t'ai dit que je n'allais pas la prévenir si tu promettais de ne plus mettre les pieds dans mon club. Ce n'est pas la vraie raison... Essaye encore.

Cole serra les poings. Il n'avait pas envie de le dire... Il ne pouvait *pas* le dire à voix haute. Comment expliquer son trouble ? Comment admettre qu'il avait fantasmé sur le corps du Dom et que sa voix grave le faisait frissonner ?

— Je ne sais pas.

— Oh ! moi, je pense que tu le sais très bien... mais tu as sûrement besoin d'un peu d'aide pour le dire. Ne t'en fais pas : je suis là pour ça.

Ils s'affrontèrent du regard. Damien attendait qu'il dise quelque chose... mais Cole restait muet. Le barman finit par bouger et le contourner.

— Suis-moi, Cole.

La gorge sèche, il emboîta le pas à Damien qui se dirigea dans un couloir qui menait aux salles privées du club. Il ouvrit la porte de la dernière et s'y engouffra. Chaque salle était équipée d'une panoplie d'infrastructures BDSM, d'un lit et d'une salle de bains.

Damien alluma la lumière, et Cole demeura figé en découvrant la pièce. Il ne connaissait pas la moitié de ces objets... C'était un monde nouveau. Est-ce que tout ça allait être utilisé sur lui ? Sa peau se recouvrit de chair de poule... sans savoir si c'était d'appréhension... ou de plaisir, peut-être un peu des deux.

— Déshabille-toi, ordonna froidement Demon, pleinement entré dans son rôle de Dom, sans même lui adresser un regard, tandis qu'il allait dans un coin de la pièce pour préparer ce dont il aurait besoin pour la séance.

Cole crispa la mâchoire. Il n'avait aucune envie de se dévêtir parce qu'il n'était pas à l'aise d'être nu devant Damien. D'un autre côté, être contraint de le faire envoyait une décharge d'adrénaline dans tout son corps.

— Obéis ou je te jure que tu vas le regretter, le prévint le Dom sur le même ton glacial.

Il était si effrayant que Cole le crut. Il commença à défaire les boutons de son pantalon avant de le baisser à ses chevilles et de faire passer son chandail par-dessus sa tête. Il ne lui restait plus que son sous-vêtement qu'il était bien plus nerveux de retirer. Pourtant, il savait que Damien voulait qu'il l'ôte lui aussi. Les doigts tremblants, il finit néanmoins par l'envoyer rejoindre son pantalon au sol. Par réflexe, ses mains vinrent se placer de manière à cacher son entrejambe.

Cole sentait le regard du Dom qui parcourait son corps. Il déglutit nerveusement, mal à l'aise devant ces yeux insistants... et à la fois curieux de ce qui allait suivre.

— Ramasse tes vêtements et donne-les-moi.

Forcé de bouger ses mains pour ramasser son linge, Cole grimaça, mais s'exécuta néanmoins. Demon prit ses vêtements et les jeta à l'autre bout de la pièce, dans un coin.

— Tu n'en auras plus besoin.

Se tenir entièrement nu devant le Dom qui, lui, était resté tout habillé, était une situation particulière. Ce n'était pas que son corps... c'était comme si son âme était mise à nue.

— Très bien, renchérit Demon. Avant de commencer, nous allons devoir expliciter quelques règles.

Il leva trois doigts en l'air, les abaissant à mesure qu'il parlait :

— Premièrement, tu es ici parce que toi seul l'as voulu et pas autre chose. Même si tu auras parfois cette impression dans les prochains jours, je ne suis ni ton kidnappeur ni ton tortionnaire... Quand je suis ici... je joue un rôle et je laisse libre cours à tous les démons qui m'habitent dans le but de te libérer des tiens... Je serai cruel, et ni tes plaintes, ni tes protestations, ni tes gémissements ne m'arrêteront. Deuxièmement, tu peux sortir d'ici à n'importe quel moment si tu utilises ton mot de sécurité. Troisièmement, ton *safeword* est « rouge ». Si tu l'utilises, j'arrêterai tout instantanément et je mettrai fin à la séance. Même si je n'agirai pas comme si c'était le cas... en vérité, tu es parfaitement en contrôle de tout ce qui se passera ici. Te soumettre à moi, oublier ton ego et ta dignité sera difficile... mais je te promets que tu seras récompensé en conséquence. Je te ferai vivre un abandon et des plaisirs que tu n'as jamais connus jusque-là. Entendu ?

Cole hocha la tête avec lenteur, assimilant les différentes règles du jeu. Malgré lui, il sentait l'excitation grimper lentement dans le bas de son ventre à la promesse de goûter à des plaisirs encore méconnus.

— À partir de maintenant, il faudra me répondre de façon audible si je te pose une question, Cole. Tu diras « Oui, monsieur » et pas autre chose. D'accord ? Sa première réaction, ce fut une fois de plus l'envie de protester, mais il parvint à se retenir. Après tout... il était venu ici pour ça... non ?

— Oui, monsieur...

— Très bien. Quel est ton mot de sécurité ?

— Rouge, répondit-il platement.

— Assure-toi de bien le mémoriser. C'est un mot de sécurité qu'il est facile de se rappeler. Plusieurs soumis ont des *safewords* personnalisés au fil du temps, mais « rouge » fera l'affaire pour cette fois. Tu ne dois pas l'utiliser à la légère. Ne l'utilise que si tu souhaites tout arrêter. Tu as compris ?

— Oui, monsieur.

Demon parut satisfait.

— Parfait, dans ce cas, nous allons pouvoir commencer. Je te rappelle ce dont il retourne : nous allons jouer pendant quatre jours. Si tu commets une faute que je juge suffisamment grave, tu seras puni en conséquence et j'ajouterai un jour de plus à ton calvaire. J'espère que tu assouviras ta curiosité vis-à-vis de cet univers et que tu te sentiras libéré de ta colère et de ta haine au terme de ces quatre jours.

Le Dom le contourna et fouilla ensuite dans une armoire pour finir par lui présenter une petite boîte en carton qui tenait dans sa main.

— Tu sais ce que c'est ?

Cole secoua la tête.

— Il s'agit d'un lavement. Et comme je risque de jouer avec ton petit cul durant ces quatre jours, c'est la première chose que tu vas faire.

Instinctivement, Cole chercha tout de suite à protester.

— Quoi ? Je ne vais pas faire ça !

Il n'allait pas se mettre quelque chose dans le cul ! Il n'en était pas question !

— Ce n'est pas comme si je te laissais le choix. Soit c'est toi qui te le fais, soit c'est moi qui m'en charge, mais ça ne risque pas de te plaire si c'est moi, alors choisis bien.

Il n'avait nullement envie que Demon le touche, du moins... pas maintenant, pas pour faire ça. Alors Cole se saisit sèchement de la petite boîte et l'ouvrit pour en découvrir son contenu : un genre de petit sac relié à un tuyau avec un embout étroit. Il ne savait pas exactement comment tout cela fonctionnait, mais le kit était muni d'un petit manuel d'instructions qu'il saisit de sa main libre. Il comprit assez rapidement où il allait devoir s'injecter le produit...

— Je suis vraiment supposé...

Demon arqua un sourcil et haussa les épaules.

— C’est une question d’hygiène. La salle de bains est juste là et tu trouveras du lubrifiant dans les armoires. Appelle-moi si tu as besoin d’aide.

Avec un air dépité, Cole s’enferma dans la salle de bains avec le mode d’emploi dans une main et la petite boîte dans l’autre. Il n’avait jamais fait ça avant… Et il se demandait s’il allait pouvoir aller au bout du truc seul. Les mains tremblantes, il commença à assembler le tube et la pochette. Ça s’emboîtait comme ça ? Bon sang, comment ce fichu truc fonctionnait ? Après quelques minutes à tâtonner assis sur la cuvette, il crut avoir trouvé la bonne façon de faire. Ne restait plus que la dernière étape… celle qu’il appréhendait le plus. Bon… comment faire ? Selon les instructions, la pochette devait tenir en l’air pendant que… voilà. Pouvait-il tout simplement la maintenir en hauteur en la tenant dans sa main, le bras levé ? Peut-être pas… Il ignorait quelles sensations ça allait lui procurer de plus.

Parcourant nerveusement la salle de bains du regard, son attention s’arrêta finalement sur la douche, son pommeau surtout. Ah ! Ça pouvait fonctionner de cette façon-là.

Il se leva pour entrer dans la douche et trouver le moyen d’accrocher la pochette de liquide au pommeau de celle-ci. Le tube en caoutchouc était suffisamment long. Plus qu’à.

Cole essayait de se convaincre qu’il était capable de le faire seul, mais sa main tremblait. Soudain, il se souvint de ce que le Dom lui avait dit au sujet du lubrifiant dans l’armoire. Peut-être que ça aiderait ? Bon… le tube était tout petit, mais puisque c’était la première fois, ça ne pouvait pas faire de mal.

Laissant le tout en plan quelques instants, il sortit de la douche et se dirigea vers les armoires pour trouver ce dont il avait besoin.

En ouvrant les portes, il eut la surprise de découvrir un très large choix de lubrifiants : parfum de fraise, sans odeur, effet brûlant, amplificateur de sensations… Il y en avait pour tous les goûts, de même qu'une très vaste sélection de capotes. Il ignorait qu'une si grande variété de produits existait sur le marché.

Cole choisit le lubrifiant qui lui parut être le plus neutre du lot et retourna dans la douche, figé devant la petite bouteille et le tube en caoutchouc. Il n'arrivait pas à passer le cap...

Soudain, il entendit trois coups toqués à la porte.

— Tout va bien là-dedans ? Si tu prends trop de temps, je vais finir par venir m'en occuper.

Le souffle de Cole s'accéléra.

— Tout va bien, monsieur.

Il devait faire plus vite. Il ne s'en était pas rendu compte... Ça faisait bien quinze minutes qu'il était figé. Il jura à voix basse et, dans la nervosité, versa une quantité – *trop* – généreuse de lubrifiant sur ses doigts. Nouveau juron. Tout lui glissait entre les mains maintenant ! Il était un vrai boulet.

Après cinq autres minutes à galérer et à hésiter, Cole finit par se rendre à l'évidence : il n'allait jamais y arriver... du moins, pas seul.

Il dut faire fi de son ego.

— Demon ?

Quelques secondes plus tard, la porte s'ouvrit sur le Dom.

— Qu'est-ce que tu veux ?

— Heu...

— Je ne peux pas deviner si tu ne me le dis pas.

Cole se mordit la lèvre et détourna le regard.

— Je n'y arrive pas...

Demon plissa les yeux, puis haussa les épaules.

— Et que veux-tu que je fasse ?

Il savait très bien ce que sous-entendait Cole, mais il prenait un malin plaisir à le pousser à bout. Le nouveau soumis devait apprendre à ravaler sa fierté.

Cole n'osait plus relever les yeux, se contentant de fixer le carrelage de la douche. Son cœur battait fort et sa bouche était sèche. Dire les mots à voix haute lui brûla la gorge.

— Que vous m'aidiez...

— Alors, dis le mot magique.

Le jeune homme serra les dents. Pourquoi le Dom était-il aussi exigeant ? Ne voyait-il pas qu'il faisait déjà de gros efforts pour lui demander son aide pour quelque chose comme ça... ? Prenait-il plaisir à l'humilier ?

— ... s'il vous plaît.

Demon inclina la tête, satisfait.

— Très bien. Je vais t'aider, puisque c'est demandé si poliment.

Demon s'approcha pour mieux voir à quelle étape le soumis en était.

— Bien vu, pour le pommeau. C'est ce qu'il fallait faire.

Le Dom se glissa dans la douche, se plaçant juste derrière Cole dont tout le corps commençait à rougir de gêne. Doucement, Demon prit le bout du tuyau en caoutchouc des mains du jeune homme.

— Penche-toi un peu et appuie-toi contre le mur, ordonna-t-il.

Il jeta un œil derrière son épaule : Demon le surplombait de toute sa hauteur. Cole hésita, mais il était de toute façon trop tard pour reculer... pas vrai ? S'il le voulait, il ne lui suffisait que de crier « rouge » et tout pouvait s'arrêter. Il pouvait récupérer ses vêtements, se rhabiller, quitter cet endroit pour ne plus jamais y revenir. Mais ils venaient tout juste de commencer. Le lavement n'était que la première étape de toutes les choses qui allaient suivre... C'était une simple question d'hygiène. Il fallait bien passer par là pour faire le reste. S'il partait maintenant... il n'aurait plus jamais la chance de découvrir ce qui l'attendait ensuite. Et une part de lui était rongée par la curiosité.

Alors, à contrecœur, il appuya ses mains contre le mur et courba l'échine. Il sentit la main de Demon appuyer contre le creux de son dos. Sa paume était large et froide. Il frémit, alors que son autre main glissait entre ses fesses, effleurant son muscle.

— Je vois que tu as déjà utilisé le lubrifiant. C'est bien. On va en remettre un peu juste parce que c'est ta première fois, mais tu verras… ce tuyau est tout petit, ça ne fera pas mal, tu ne sentiras rien.

Demon récupéra la bouteille de lubrifiant et fit couler une noisette du produit dans sa paume pour l'étaler sur l'embout du tuyau, puis délicatement sur l'orifice de Cole, dont les jambes se mirent à trembler. Pour le moment, ça chatouillait juste.

— J'y vais maintenant.

Cole serra les dents et ferma les yeux comme pour se préparer au pire, mais c'est Demon qui avait raison : il ne sentit presque rien lorsque le Dom poussa l'embout du tuyau de quelques centimètres entre ses fesses. Ça ne faisait pas mal, mais ce n'était pas confortable non plus. Il ressentait seulement une légère gêne. Le pire dans l'histoire, en réalité, c'était de savoir qu'un autre homme se tenait derrière lui et avait tout vu…

Demon étira le bras pour atteindre la pochette de liquide qui pendait accrochée au pommeau de la douche. Il ôta le bloqueur pour permettre à la gravité de faire son œuvre.

— Tu vas sans doute te sentir mal à l'aise si c'est la première fois et tu auras envie d'aller aux toilettes. Tout ce que je te demande, c'est de retenir le liquide cinq petites minutes d'abord.

Cole grimaça quand il commença à sentir le liquide affluer et le remplir. S'il avait eu des doutes, il n'avait à présent plus aucun doute sur la manière dont ce produit allait le nettoyer. Il ressentait déjà des crampes à l'estomac.

— Putain !

— Ton langage, le réprimanda tout de suite Demon. Je serai clément pour cette fois, mais la prochaine fois que tu utiliseras un gros mot en ma présence, tu seras puni en conséquence.

Cole n'avait aucun doute qu'il le ferait, ce qui le poussa à se mordre la langue pour éviter de jurer à nouveau.

— La poche est presque vide, annonça le Dom après quelques instants de plus.

Demon laissa filer les dernières gouttes du produit, puis il retira le tuyau.

— Je vais mettre un chronomètre, ajouta-t-il en sortant son

téléphone portable de sa poche. Serre les fesses et supporte-le jusqu'à ce que tu entendes la sonnerie. Si tu lâches avant… il faudra tout recommencer.

Ce n'était que cinq minutes. Cinq petites minutes. Cole eut l'impression que c'était une éternité. Il avait mal à l'estomac, mais il devait le supporter encore un peu… car il n'avait absolument aucune envie de tout recommencer depuis le début.

Étant sorti de la douche, Demon se tenait en retrait, consultant régulièrement l'écran de son smartphone où s'affichait le compte à rebours.

— Encore dix secondes. Ensuite, je te conseille d'être rapide si tu ne veux pas… bref, les toilettes sont juste là. Viens me retrouver dès que tu as terminé.

À la seconde où Cole entendit la sonnerie, il se rua à l'extérieur de la douche, tandis que Demon l'attendait en dehors de la salle de bains.

4

Cole souffla bruyamment. Au moins, il était libéré à présent. Il fit un bref arrêt devant le miroir, profitant de ces quelques secondes de répit. Son visage était rouge et son ventre se soulevait rapidement. Ce truc… on ne dirait pas comme ça, mais c'était du sport.

— Cole, je commence à m'impatienter… et tu ne veux surtout pas me voir quand ma patience est mise à l'épreuve.

Le jeune homme soupira. Sa paix relative était de courte durée, tout compte fait, il devait maintenant retourner en enfer… pour y affronter son démon. Et il n'y était vraiment pas prêt… Néanmoins, il se força à marcher en direction de la sortie pour rejoindre le Dom.

— Agenouille-toi juste ici, lui ordonna Demon en lui désignant le milieu de la pièce.

Sentant son estomac – désormais bien vide – se contracter, il obéit avec appréhension. Qu'est-ce que le Dom allait lui faire maintenant ?

— Tends-moi tes bras.

Nerveux, il fit ce qui lui était dit tant que ce n'était pas encore trop compliqué et qu'il pouvait le supporter. Damien attrapa ses bras et les releva au-dessus de sa tête. Il passa deux anneaux de fer rembourrés à l'intérieur pour les rendre plus confortables autour de ses poignets, les attachant à une barre de métal suspendue au plafond, que Cole n'avait pas remarquée.

— Tu vas rester attaché là pour les quatre prochains jours.

Je ne vais te libérer que pour manger et aller aux toilettes, jamais sans surveillance. Alors, j'espère que la position n'est pas trop inconfortable.

Cole écarquilla les yeux. L'homme ne pouvait pas être sérieux, si ? C'était impossible ! Il tira sur ses liens violemment sans parvenir à s'en défaire. Quelque part, la résistance des chaînes lui plut...

Cole s'était toujours senti en maîtrise de tout... ou presque. Il était devenu avocat certes pour suivre les traces de son père, mais aussi parce qu'il voulait connaître la loi et ses droits, tout contrôler dans sa vie. Mais devoir toujours être gentil, propre sur soi... et surtout ne pas être gay parce que cela déplairait à sa famille... C'était comme jouer un jeu en permanence et tout cela pouvait devenir lourd à la longue, comme une lente aliénation de soi. Mais, quand Demon l'attachait à cette barre avec un air aussi menaçant que séducteur, Cole ne contrôlait plus rien... du moins, en apparence. Bien sûr, il y avait toujours le *safeword*... mais Cole ne voulait pas l'utiliser, pas maintenant. La curiosité le dévorait... jusqu'où Demon pouvait-il aller et jusqu'où pouvait-il le supporter ?

— Non ! Détachez-moi tout de suite ! Je refuse que vous fassiez ça ! Pour la forme, il continua de se débattre et de protester. Par-dessus tout, il ne voulait pas que Demon prenne conscience de sa curiosité... Il n'était lui-même pas prêt à admettre complètement qu'il était curieux de cet univers.

— Tu as signé un contrat. Tu retrouveras ta liberté dans quatre jours, comme prévu, à moins d'utiliser le mot de sécurité dont nous avons parlé au début de la séance. En attendant, laisse-moi te montrer quelque chose.

Tandis que Cole paniquait, Demon trouva, puis déposa une photo encadrée devant lui. Un beau jeune homme souriant était représenté sur la photographie. Il devait avoir aux alentours de vingt ans, la chevelure brune et des yeux bleus pétillants.

— Qui est-ce ?

Le visage de Damien s'assombrit.

— Il s'appelait Warren. C'était mon fiancé. Il a été agressé à la sortie d'un bar gay il y a trois ans. S'il est mort, c'est la faute de connards dans ton genre.

Cole écarquilla les yeux, incapable de détourner le regard de la photo.

— Tu crois qu'il méritait de mourir, dis-moi ?

Il se savait en terrain glissant. Au moindre faux pas, Demon allait entrer dans une colère folle.

— Non…, finit-il par murmurer.

— Très bien. C'est ce que je voulais entendre. Je dois aller travailler avant que mon bar ouvre, alors je vais te quitter et te laisser réfléchir un peu à tout ça. Je vais te laisser la photographie, regarde-la bien et grave chacun des traits de Warren dans ta tête. Comme ça, tu réfléchiras peut-être plus la prochaine fois que tu agiras comme un connard homophobe dans un club comme le mien.

Et la porte claqua derrière Demon, laissant Cole seul avec une photo qu'il ne voulait pas regarder, mais qu'il ne pouvait néanmoins pas s'empêcher de fixer.

Une éternité sembla s'écouler après le départ de Demon, mais ce n'était peut-être que quelques minutes, que quelques secondes… Cole n'en savait rien. Tout ce qu'il savait, c'était qu'il pouvait voir distinctement le visage de cet étranger nommé Warren même en fermant les yeux. Il pourrait le reproduire simplement de mémoire à force de le regarder.

Le Dom finit par revenir. Rien qu'en voyant la poignée de la porte tourner, les battements du cœur de Cole s'accélérèrent. Demon entra dans la pièce, vêtu d'un complet noir qui faisait ressortit sa chevelure sable et ses yeux miel.

— Je viens de fermer le club. Alors, tu l'as bien regardée ? demanda-t-il en désignant la photographie.

— Oui, monsieur.

Ainsi, cela faisait bien plusieurs heures qu'il se tenait là. Il commençait à avoir des crampes dans les bras, le sang n'y circulait peut-être même plus. C'était ça, le BDSM ? Cole croyait que Demon allait lui faire connaître les plaisirs les plus interdits... mais jusqu'à maintenant, tout ce qu'il avait, c'était des douleurs dans les muscles. Toute l'excitation qu'il avait ressentie au tout début s'était envolée. Ça n'avait plus rien d'excitant... c'était tout simplement douloureux, et il ne parvenait pas à comprendre comment il allait pouvoir passer quatre jours dans cette position sans perdre ses bras.

Sans le lâcher du regard, Demon se pencha pour ramasser la photographie et la ranger en lieu sûr en attendant de pouvoir la ramener dans un tiroir de son bureau.

— Écarte les jambes, maintenant.

Cole fronça les sourcils, désemparé par la demande.

— Vous allez me détacher ? J'ai mal aux bras...

— Je suis le seul qui ai le droit de poser des questions ici, Cole. Tu ne dois pas parler si je ne t'y autorise pas. Pour cette fois, je vais faire une exception et te répondre : non, je ne vais pas te détacher, mais puisque tu as gardé la position si longtemps et été si sage... je vais t'octroyer une récompense.

Une récompense ? Son imagination s'emballa tout de suite. Difficile de ne pas être imaginatif quand, autour de lui, il y avait une myriade d'objets BDSM étranges et inconnus. L'excitation qui avait quitté Cole revint d'un seul coup. Une coulée glacée descendit dans son ventre, et son estomac se tordit avec délice. Il ne savait trop comment l'expliquer... le mélange de sensations, entre le trouble, le désir, la curiosité et l'appréhension, était le plus fort qu'il n'avait jamais connu.

Puis, sans attendre plus de réactions de la part de son soumis, Demon marcha vers lui et se contenta de le forcer à écarter les cuisses en les frappant gentiment de sa chaussure sans que ce ne soit douloureux. Il alla ensuite chercher une barre d'écartement et attacha - malgré les protestations de son prisonnier - chacune des chevilles de Cole à une des extrémités du bâton pour le forcer à garder les jambes ouvertes.

— Voilà qui est mieux.

Le soumis grimaça, il se sentait absolument exposé et vulnérable. Était-ce vraiment là la prétendue « récompense » à laquelle faisait référence le Dom ?

— Enlevez-moi ça tout de suite ! grogna-t-il.

— Demandé de cette façon, il n'en est pas question, répliqua calmement Demon. Tu ne dois pas t'adresser à moi sur ce ton. On ne t'a jamais appris le respect ?

Le Dom se mit à scanner son entrejambe du regard, et Cole se sentit tout particulièrement mal à l'aise. Il aurait donné n'importe quoi pour pouvoir fermer les jambes et conserver son intimité à ce moment-là. Mais il ne pouvait pas. Dès qu'il essayait, même par réflexe, ses cuisses se contentaient de trembler sans pouvoir bouger.

— Eh bien, tu es plutôt bien membré, lâcha Demon avec un petit sourire moqueur.

Cole releva brutalement la tête, les joues encore plus rouges – de colère ou d'embarras, il ne savait trop – et serra les dents.

— Redis ça encore une fois et je... !

— Et tu quoi ? Tu es loin d'être en position de force, Cole, alors tu aurais dû faire plus attention à ce que tu dis, parce que je suis vraiment fatigué de t'entendre.

Damien se retourna pour fouiller dans l'un des « coffres à jouets » de la pièce. Il revint auprès de Cole avec un bâillon-boule, ainsi qu'une balle en mousse. Le bâillon consistait en une sangle de cuir noire avec, en son centre, une boule rouge.

— Ouvre grand la bouche, Cole.

Le soumis tressaillit. Il avait déjà vu ça dans des films... comme dans une scène de *Pulp Fiction*... mais jamais en vrai. Il ne savait même pas si sa bouche était assez grande pour ça !

— Attendez !

— Ne t'inquiète pas : tu pourras toujours utiliser ton mot de sécurité. Tu vois cette balle ?

Demon la pressa dans ses mains et celle-ci émit un petit « couic » comme les canards en plastique.

— Si tu veux parler et utiliser ton mot de sécurité, il te

suffira de la presser. Mais pour le moment, je suis vraiment fatigué de t'entendre parler.

Comme s'il avait fait ça toute sa vie, ce qui pourrait très bien être le cas, Demon pressa ses doigts contre ses joues pour le forcer à ouvrir la bouche, puis poussa le bâillon entre ses dents avant qu'il ne puisse même s'en rendre compte. Il attacha la sangle derrière sa tête, s'assurant que le tout tenait bien en place.

— Tu es à l'aise ? Et tu arrives à respirer correctement ?

Cole fut surpris de constater que le bâillon s'adaptait parfaitement à sa bouche et qu'il n'était pas inconfortable de le porter. Et il pouvait continuer de respirer par le nez sans aucun problème. Il hocha lentement la tête, Demon glissa alors la balle en mousse qui couinait dans l'une de ses mains.

— Essaye de presser la balle pour voir.

Cole s'exécuta, lui-même curieux de savoir si cela fonctionnait. Après tout, cette balle était désormais son seul gage de sécurité. Ses doigts se refermèrent sur la balle et celle-ci émit un petit couinement aigu. Ça fonctionnait !

— Parfait.

Le Dom s'éloigna de quelques pas, se demandant ce qu'il pouvait bien faire maintenant. Bien qu'il soit attaché et bâillonné, il y avait encore une lueur de défiance dans les prunelles de Cole. Cela faisait longtemps qu'il ne s'était pas autant amusé.

Le soumis ne s'était jamais senti aussi vulnérable de toute sa vie. Incapable de bouger ni de parler, ne pouvant refermer les cuisses ou échapper au regard brûlant du Dom sur son corps nu, complètement exposé et forcé de se soumettre aux volontés de cet homme… la sensation était grisante. Il ne pensait pas que ça lui ferait cet effet. Il ne s'était jamais perçu comme une personne pouvant aimer la soumission… puisque tout son parcours universitaire avait été basé sur le fait d'acquérir du pouvoir et des droits. Comment son corps pouvait-il autant apprécier d'en être privé ? C'était incompréhensible.

Pourtant, il n'y avait aucun doute : son sexe commençait à durcir entre ses cuisses ouvertes.

— Oh. Tu commences à bander ? l'interrogea moqueusement Demon.

Humilié, Cole grogna contre le bâillon. C'était tellement embarrassant ! Le Dom ne l'avait même pas touché... Il bandait juste parce qu'il était attaché. Comment était-ce possible ?

— Maintenant que tu ne parles plus, je te trouve beaucoup plus supportable. Cela me donne envie de te récompenser d'être si sage... Qu'est-ce que tu en dis ? Tu veux que je t'aide avec ça ?

Demon désigna son sexe d'un geste nonchalant de la main. Bien sûr, Cole ne pouvait pas répondre... mais s'il n'était pas d'accord, il lui suffisait de faire couiner la balle en mousse. Pour le moment, celle-ci demeurait silencieuse.

Même si Cole se sentait embarrassé au possible, son érection commençait à être douloureuse. Demon se pencha, posant un genou à terre et enroula sa main autour du sexe du jeune homme. Aussitôt, Cole s'agita, gémissant contre le bâillon. Sa virilité n'avait jamais été si sensible avant ! Là, il suffisait que Demon la touche pour envoyer une décharge électrique dans tout son corps. Le moindre frôlement menaçait de le propulser au septième ciel.

— Tu es réactif, dis-moi.

Le pouce du Dom caressa le bout du sexe de Cole, puis le reste de ses doigts se mirent à le masturber en rythme. Les chaînes du soumis claquèrent, alors que son corps répondait aux attentions de Demon. Il rejeta la tête en arrière, alors que ses cuisses cherchaient à se refermer sans y parvenir. Il n'y avait pas à dire : le Dom était doué de ses dix doigts.

D'un côté, Cole aurait voulu maudire son corps de réagir autant. Il avait honte d'éprouver autant de plaisir aux mains d'un autre homme, ainsi attaché et soumis. D'un autre côté, le plaisir qui le parcourait était tel qu'il n'avait absolument aucune envie de presser la balle en mousse qui se trouvait dans sa main. À vrai dire, sa tête s'était totalement vidée. Tout ce à quoi il pouvait penser, c'était la main de Demon sur son sexe et les fourmillements de l'orgasme qui montait dans le bas de son ventre. Et, au point où il en était, il se fichait bien d'à qui cette main appartenait, pourvu qu'elle continue.

Rapidement, le plaisir devint plus intense, le submergeant totalement. Cole jouit dans la main de Demon, sa respiration reprenant petit à petit son rythme normal.

— Eh bien, on dirait que tu as joui dans la main d'un homme, Cole, tu n'es peut-être pas aussi homophobe que tu le laissais penser dans le club l'autre soir.

Cole releva la tête, prenant conscience de ce qui venait de se passer et du fait qu'il n'avait, à aucun moment, songé à presser la balle en mousse qui aurait pu le libérer, alors même qu'il se faisait masturber par Demon...

Qu'est-ce que cela pouvait bien vouloir dire de lui ? Et depuis combien de temps se mentait-il à lui-même ?

5

Pour la nuit, Demon l'avait laissé s'allonger sur une couchette au fond de la pièce, mais il était resté menotté et avait dû conserver le bâillon. Il avait mal à la mâchoire. Il avait fini par tomber de sommeil au bout d'un moment, mais il n'avait pas beaucoup dormi, sa tête trop occupée à ressasser les événements de la veille et, surtout, à se demander pourquoi il était resté.

Lorsque Demon entra dans la pièce, la lumière l'aveugla, le faisant cligner des yeux. Le Dom lui ordonna de retourner à l'endroit où il se trouvait hier et de s'agenouiller.

— Il est l'heure de manger, Cole. Pour commencer, je vais t'ôter ton bâillon pour que tu puisses boire et te nourrir, mais si je fais ça, tu dois me promettre de la garder bien fermée, parce que au moindre mot qui s'échappe de ta gorge, je te remets le bâillon, compris ?

Le jeune homme hocha la tête, pressé de pouvoir boire et manger quelque chose. Il était assoiffé et affamé. Il était également impatient de se voir ôter le bâillon, même si ce n'était que pour quelques minutes. Si ce dernier n'avait pas été inconfortable au départ, il ressentait maintenant une énorme tension dans sa mâchoire.

— Très bien, mais n'oublie pas, au moindre faux pas...

Demon défit le bâillon-boule de Cole.

— Je vais te détacher, maintenant, mais si tu tentes quoi que ce soit pour t'enfuir, je t'assure que tu vas le regretter.

Il détacha les poignets menottés de Cole pour lui permettre

d'utiliser ses mains. Aussitôt, ce dernier fit des mouvements circulaires avec ses bras, tentant d'y faire reprendre la circulation sanguine et d'être moins engourdi. Puis, il se massa la mâchoire tant bien que mal.

— Tiens, bois.

Le jeune homme s'empara de la bouteille d'eau tendue par le Dom et il la porta à ses lèvres, la vidant presque d'un seul coup. Demon lui donna ensuite trois barres énergétiques et une pomme qu'il dévora tout aussi rapidement.

— Tu as terminé ?

Cole hocha la tête.

— Parfait, alors maintenant tu vas te lever et tu vas aller à la salle de bains, te brosser les dents et te laver, et ensuite tu vas revenir ici et t'agenouiller comme maintenant. Fais vite, je ne serai pas patient cette fois.

Lentement, le jeune homme se leva et marcha en direction de la salle de bains, mais arrivé devant celle-ci, il se stoppa et lança un regard de biais à Demon pour voir si celui-ci le surveillait. Il n'aurait peut-être jamais d'autres chances comme celle-ci.

Cole ne savait pas trop ce qu'il lui prit, mais il fonça sur la porte de la pièce et tenta de l'ouvrir. À son grand désarroi, celle-ci demeura obstinément close. En se retournant, le cœur battant et la respiration courte, il remarqua que Demon l'observait en silence sans bouger. Puis, le Dom fouilla dans sa poche et agita la clé qui servait à verrouiller la porte de l'intérieur et de l'extérieur.

Demon secoua lentement la tête.

— Cole… j'aimerais tant savoir ce qui se trame dans ta tête. Tu sais que tu as un mot de sécurité et qu'il ne te suffit que d'ouvrir la bouche pour que je te laisse filer, non ? Si tu veux *vraiment* partir, il ne te suffit que d'un mot. Un seul.

Le Dom s'approcha de Cole, attendant qu'il utilise son mot de sécurité, mais aucun son ne sortit de sa bouche. C'était presque comme si Cole attendait de voir ce qu'il allait faire… comment il allait réagir.

— Le non-respect du mot de sécurité est grave. Cela peut valoir pour un renvoi du club. Je prends cela très au sérieux, tu sais ? J'ai mis les choses au clair dès le départ avec toi et tu m'as affirmé bien comprendre. Alors, si tu n'utilises pas ton *safeword*... je vais devoir en conclure que tu ne souhaites pas vraiment partir et que tu me défies ouvertement. Dernière chance, Cole...

Il continua de s'approcher, alors que Cole se reculait. Le dos du soumis se cogna contre la porte derrière lui. Il restait toujours silencieux au semi-étonnement de Demon.

Cole le fixait de ses grands yeux bleus dans lesquels brillait la peur... mais aussi le désir et l'excitation. Il appréhendait ce qu'il avait provoqué, mais sans saisir pourquoi, il ne voulait pas utiliser son mot de sécurité. La curiosité et l'excitation de savoir comment le Dom allait réagir étaient plus fortes que son désir de tout stopper.

— Toujours rien ? Je suis forcé de déduire que tu *veux* être puni.

Le soumis pouvait presque entendre battre son propre cœur, résonnant dans ses tympans. Son sang se glaça et une excitation incompréhensible l'envahit.

— *Time over*, Cole. Tu vas être puni pour ta désobéissance... et souviens-toi que tu es le seul à l'avoir voulu.

Demon épingla ses poignets au-dessus de la tête et, de son autre main, détacha la boucle de la ceinture de cuir de son pantalon pour récupérer celle-ci. Cole suivit le geste des yeux avec nervosité. Le Dom replia la ceinture dans sa main.

— Tourne-toi et penche-toi.

Cole n'avait aucune idée de ce qui le poussait à obéir, mais comme Demon relâchait ses poignets, il pivota pour faire face à la porte et se pencha en s'appuyant sur celle-ci. Il ne vit pas le sourire fugace qui étira les lèvres du Dom.

Avec la barre d'écartement qui le forçait à garder les cuisses ouvertes, Cole s'était habitué à être exposé. Or, cette nouvelle position était encore plus gênante, car c'était son derrière qui était offert au bon vouloir du Dom cette fois. Il trouvait ça beaucoup plus embarrassant... et beaucoup plus grisant. Surtout qu'après avoir vu Demon retirer sa ceinture, il avait une très bonne idée de ce qui l'attendait à présent.

Le premier coup sur ses fesses le fit sursauter et glapir. Cela pinçait beaucoup plus que ce qu'il s'était imaginé.

— *Outch* !

— C'est une punition. Tu n'imaginais tout de même pas que ce serait doux.

Le second coup ne fit pas moins mal même en y étant préparé. Il se contenta de serrer les dents pour encaisser le troisième. Sa peau était brûlante et picotait. Il avait l'impression d'avoir le derrière en feu !

— Tu as de jolies marques rouges. Et j'ai eu la main molle, comme c'était ta première fois. La prochaine fois, je te ferai compter à voix haute.

Un long frisson parcourut le jeune homme à cette pensée. Il y aurait une prochaine fois ? Chaque jour, il se détestait un peu plus. Il devait y avoir un truc détraqué dans son cerveau... car ce ne devait absolument pas être normal d'être excité par ce genre de promesse... si ?

Demon remit sa ceinture autour de ses hanches.

— Va dans la salle de bains maintenant. Tu dois encore te laver et te brosser les dents.

Cole se redressa et se retourna pour se diriger dans la salle de bains sans dire un mot. Il fut étonné quand il remarqua que Demon lui emboîtait le pas, juste après avoir récupéré une paire de menottes accrochée sur un des murs de la salle de jeux. Il lui lança un coup d'œil surpris par-dessus son épaule.

— Dans la douche, se contenta de répliquer le Dom.

Cole obéit, encore plus étonné quand Demon se glissa derrière lui. Sans cérémonie, le Dom lui attrapa les bras et le menotta à la pomme de douche. Le soumis lui jeta un regard interloqué, sans comprendre. Demon lui retourna un sourire.

— Tu ne croyais pas que quelques coups de ceinture

suffiraient, si ? Tu as également perdu ton privilège de faire ta toilette seul.

Cole écarquilla les yeux. Demon allait vraiment… ? Le Dom l'avait déjà vu nu et l'avait aidé à faire le lavement la veille, mais là… c'était tout autre chose. Le jeune homme se sentait comme un impotent, incapable de faire sa toilette lui-même. Malgré son désir de protester, il garda néanmoins le silence, soucieux de ne pas se faire punir une nouvelle fois.

Demon ouvrit le jet d'eau qu'il régla à tiède, et Cole courba instantanément la nuque pour ne pas recevoir tout dans les yeux. Le Dom prit un linge qu'il mouilla, puis y versa une noisette de savon. Il commença à savonner les épaules de son soumis, son dos et son torse. Il passa sur ses cuisses et remonta dangereusement vers son sexe.

Cole se crispa. Le contact de la main du Dom sur sa peau le faisait frissonner et se tendre. C'était agréable lorsque Demon frottait son dos et ses épaules, presque comme un massage, puis quand ses mains s'approchaient de l'intérieur de ses cuisses… des frissons le parcouraient et les battements de son cœur s'accéléraient. Le propriétaire du club semblait connaître parfaitement le corps humain, ses endroits les plus sensibles et les plus érogènes.

Les doigts de Demon s'enroulèrent à la base de son sexe, et Cole ne put réprimer un gémissement.

— Je ne fais que nettoyer, se moqua gentiment le Dom. Pourquoi es-tu aussi sensible ?

Que nettoyer, mon œil ! La main de Demon était très clairement en train d'amorcer de lents va-et-vient sur son membre. Il ne s'était assurément jamais lavé de cette façon avant. Il eut un sursaut et gémit à nouveau lorsque le pouce du Dom taquina son gland. Tout le sang affluait à son sexe, et il se sentait durcir dans la main de l'homme.

Tandis que sa virilité se raidissait et que l'excitation s'emparait de son être, Cole réalisa à peine que la deuxième main de Demon était en train de se glisser entre ses fesses. Il en prit conscience au moment où il sentit le Dom frotter vigoureusement son muscle anal avec ce qui semblait être un gel lubrifiant dont le contact glacé le fit sursauter.

— Il faut bien nettoyer cette partie aussi, tu ne crois pas ?

Demon poussa une première phalange à l'intérieur de Cole tout en continuant de le masturber de son autre main. La chaîne des menottes du jeune homme claqua contre le pommeau de douche comme il sursautait à cause de l'intrusion. À l'exception de l'embout du tuyau en caoutchouc d'hier, rien ni personne ne s'était déjà aventuré... *là* ! Il était étonné, car pour le moment ça n'avait rien de douloureux. Il ressentait seulement une légère gêne, peut-être parce que toute son attention était déjà concentrée sur la main de Demon qui s'affairait sur son sexe.

Chaque fois qu'il se sentait tout près de jouir, le Dom ralentissait ses mouvements et laissait le plaisir diminuer juste assez pour retarder son orgasme. Cole devenait fou.

Avant même qu'il ne s'en rende compte, Demon avait poussé (avec une facilité déconcertante) un second doigt à l'intérieur de son corps, commençant à les bouger comme s'il cherchait quelque chose. Après quelques secondes à tâtonner, il recourba ses doigts et, aussitôt, un éclair de plaisir parcourut le soumis des pieds à la tête. Il écarquilla les yeux en rejetant la tête, totalement pris par surprise. Qu'est-ce que c'était que ça ?

Demon fit claquer sa langue contre son palais avec un air satisfait.

— Là.

— Là ?

— Ta prostate.

Demon refit le même geste et le même choc le traversa. Il dut serrer les dents pour ne pas jurer. C'était de la sorcellerie, ce truc !

— Je vais te faire te sentir bien, tu verras, murmura le Dom à son oreille.

Sa voix grave le fit frissonner. Sa peau se couvrir de chair de poule malgré la tiédeur de l'eau. Demon continua à taquiner sa prostate tout en caressant son sexe. Être stimulé à la fois à l'avant et à l'arrière était un sentiment particulier. L'alliance des deux était si puissante qu'elle lui faisait perdre la tête. Sa respiration était si rapide qu'il n'avait plus assez d'oxygène pour réfléchir convenablement. Même en serrant les dents, il ne pouvait plus s'empêcher de grogner et de gémir, et ses hanches se balançaient toutes seules pour aller à la rencontre des doigts du Dom.

Les fourmillements grandissaient dans le bas de son ventre. Son sexe pulsait de plus en plus dans la main de Demon. Le tout devenait de plus en plus intense. Il avait atteint sa limite.

Il jouit dans la main du Dom.

Petit à petit, il reprit son souffle, se remettant de son violent orgasme.

— Et rebelote… tu as encore joui dans la main d'un homme… et avec des doigts dans le derrière. Inutile de mentir… tu as aimé ça, non ? Je commencerais vraiment à me questionner à ta place, Cole.

Les paroles de Demon, murmurées à son oreille, agirent comme un coup de massue. Humilié, c'est tout son corps qui rougit. Très certainement, il n'allait jamais raconter rien de tout cela à personne.

Alors qu'il pensait que c'était terminé, Demon le fit se retourner – détachant et rattachant ses menottes d'un geste rapide – pour lui faire face. Le Dom quitta la douche le temps de quelques secondes pour récupérer du matériel dans un des tiroirs de la pharmacie. En revenant, il lui présenta un rasoir.

— Tu es déjà bien entretenu, mais je préfère lorsque c'est imberbe. C'est aussi une question de sécurité : je ne voudrais pas que l'utilisation d'une cage de chasteté ou d'un anneau pénien t'arrache les poils au passage. Alors, ne bouge pas ou je pourrais te faire mal.

Jamais quelqu'un d'autre que lui-même ne s'était déjà approché aussi près de son sexe avec une lame dans la main. Cole se força à immobiliser son corps – en calmant ses tremblements – parce qu'il avait vraiment peur que Demon lui coupe la queue par inadvertance s'il faisait un faux mouvement.

Heureusement, le Dom s'appliqua et se fut rapidement fini. Cole baissa le regard, curieux. Cela faisait longtemps qu'il ne s'était pas rasé entièrement là. Ça lui faisait bizarre de ne plus avoir aucun poil.

— Je vais te laisser aller aux toilettes, maintenant. Tu as dix minutes, pas une seconde de plus et, après ça, je veux que tu reviennes t'agenouiller sous la barre, d'accord ?

Damien le détacha du pommeau de douche et lui jeta une serviette pour qu'il s'essuie avant de le laisser seul dans la petite pièce. Cole dut prendre un instant pour recouvrer ses esprits. Entre l'orgasme monstrueux qui l'avait ravagé et le rasage, il n'avait pas eu une seconde pour penser (ce qui n'était peut-être pas plus mal).

Après avoir fait ce qu'il avait à faire, Cole resta planté durant quelques secondes devant la porte, déglutissant. Un maelström d'émotions se mélangeait dans sa tête. Il y avait la gêne et l'embarras d'avoir joui en étant attaché et masturbé par un homme pour la seconde fois, puis la délicieuse appréhension de ce qui l'attendait quand il retournait s'agenouiller au milieu de cette pièce, la peur, le désir, la honte... Il ne se reconnaissait plus lui-même... ou peut-être qu'il se découvrait tel qu'il était vraiment pour la première fois. Il était hésitant, mais avant que le Dom vienne le faire sortir de force en le tirant par la peau du cou, Cole préféra ouvrir la porte et marcher, jusqu'à l'endroit où il se laissa tomber à genoux.

Demon releva les yeux à son approche et lui jeta un regard, visiblement satisfait. Il se tenait debout devant la barre de métal, pianotant distraitement sur son téléphone en attendant son soumis. Cole resta un instant figé parce que le Dom avait retiré son T-shirt (mouillé à cause de la douche) et l'avait mis à sécher sur le dossier d'une chaise dans un coin de la pièce. Il s'était imaginé que Damien devait avoir un beau corps... mais *ça* ! Il déglutit, alors que ses yeux parcouraient timidement le torse de l'homme, suivant la ligne de ses abdominaux jusqu'à sa ceinture.

Le Dom croisa les bras sur son torse, semblant ignorer les regards que lui jetait Cole.

— Bien. Avant de passer à la suite des choses, nous allons avoir une petite discussion toi et moi. Aucune gêne, aucun tabou et aucun secret, d'accord ? Sois honnête et je le serai avec toi.

Cole hocha lentement la tête.

— Je vais te poser des questions et tu vas y répondre, ce qui signifie que je te donne l'autorisation de parler, mais au moindre débordement de ta part, je te remets le bâillon, alors réfléchis avant d'ouvrir la bouche, pas comme d'habitude.

Pas comme d'habitude ? Qu'est-ce que voulait dire Demon par là ? Cole faillit péter un plomb à cette unique phrase, mais il tenta de se contenir en se mordant la lèvre.

— Alors, commença le propriétaire du club, penses-tu réellement tout ce que tu as dit sur les gays l'autre soir, Cole ? N'oublie pas d'être honnête, je sais que tu crains peut-être de l'être, mais je vais être beaucoup plus furieux si tu me mens. Je sais aussi que nous n'avons pas tous la chance d'avoir reçu une éducation tolérante… je ne te tiendrai pas rigueur de tes réponses. Je veux simplement comprendre, *te* comprendre. De cette façon, je pourrai être un meilleur Dom pour toi.

Cole hésitait tout de même… Mais jusqu'à maintenant, Demon ne lui avait laissé aucune raison de ne pas lui faire confiance. Il avait fait exactement tout ce qu'il avait dit qu'il ferait sans jamais outrepasser les limites.

— C'est contre nature, répondit avec quelques appréhensions le soumis après réflexion.

Damien crispa imperceptiblement la mâchoire. Il n'aimait pas du tout ce qu'il entendait, mais il avait promis qu'il ne s'énerverait pas si Cole lui disait la vérité. Il fit donc de son mieux pour garder son calme, même si l'envie de hurler sur son soumis jusqu'à ce qu'il change d'avis était forte.

— C'est ce qu'on m'a toujours dit, du moins…, ajouta-t-il

en baissant la voix. Et si j'avais eu le malheur de… Mon père serait entré dans une colère noire.

Ah… l'éducation, donc. Damien venait tout juste de mettre le doigt sur ce qui clochait chez cet homme. Beaucoup de choses prenaient leur sens comme ça.

— Et hier, comment t'es-tu senti de jouir dans ma main ? Tu sais que je suis gay, non ? Sans ça, je ne te ferais pas toutes ces choses…

Cole parut paniqué. Il baissa les yeux au sol, se taisant pendant quelques secondes avant de finalement dire :

— Souillé. Humilié… et excité.

Le dernier mot lui brûla la gorge. Mais Demon lui avait demandé d'être honnête… alors il n'avait pas le choix. Il savait qu'omettre ou mentir ne mènerait à rien. Et comment ne pas admettre la vérité quand elle était juste sous ses yeux ?

— Une dernière question, Cole, que penses-tu de moi ? Tu dois me détester, non ?

Il ne savait pas quoi répondre. Il n'était pas certain d'aimer ce qu'il découvrait à propos de lui-même, ni les sensations nouvelles que lui faisait vivre Damien… mais il en était le seul responsable. Il ne pouvait pas haïr le Dom, alors qu'il était celui à avoir choisi de traverser tout cela. S'il le voulait, il ne lui suffisait que d'un mot pour sortir d'ici. Et pourtant, il était resté muet.

— Vous êtes un salopard… mais je ne vous déteste pas.

Le Dom scruta le soumis, puis hocha la tête silencieusement. Damien était heureux qu'il ait joué le jeu et qu'il se soit montré honnête sans tabou. Maintenant, il pouvait mieux le comprendre et adapter son style de domination en conséquence. Il ramassa le bâillon-boule posé sur une petite table et s'approcha de Cole.

— Je sais que tu ne dois pas en avoir très envie, mais donne-moi tes bras.

À contrecœur, Cole tendit les poignets pour que le Dom lui rattache les bras à la barre de fer au-dessus de sa tête. C'était inutile de protester maintenant, alors qu'il venait d'avouer à voix haute que tout cela l'excitait… L'homme lui remit également la barre d'écartement, mais pas le bâillon-boule qu'il garda autour de son avant-bras.

— J'ai envie de vérifier si tu vas encore jouir dans ma main après tes confessions…

6

Cole aurait voulu refermer les jambes, fuir, courir, mais il ne pouvait pas bouger. Aucune de ces options n'était envisageable. Il était contraint de se soumettre, de laisser Demon le dominer. Sauf s'il utilisait son *safeword*... Or, ses lèvres demeuraient obstinément closes. Ce n'était pas par peur... plutôt par curiosité. Les seules paroles de Demon avaient suffi à insuffler le désir dans tout son corps, jusqu'à son sexe... Entre la promesse d'être à nouveau touché et le fait d'avoir été une fois encore immobilisé, cuisses écartées... Le simple regard miel de Demon sur son corps le faisait frémir. Son sexe avait déjà commencé à raidir avant même que le propriétaire du Leather & Pleasure Club le touche.

La main du Dom s'enroula autour de sa virilité. Damien le pompa rapidement jusqu'à ce qu'il sente les picotements familiers de la jouissance dans ses cuisses tremblantes et le bas de son dos. Demon se pencha pour lui parler tout près de l'oreille. Son souffle caressait la fine peau de sa nuque.

— Allez, jouis pour moi, Cole.

Il n'aura suffi que de l'assaut final de Demon et de l'intonation rauque de sa voix pour qu'il se répande au sol, tremblotant.

— Eh bien, ce fut encore plus rapide que ce matin.

— La ferme ! ne put se retenir de s'exclamer le prisonnier, décontenancé par la facilité avec laquelle le Dom l'avait *encore* fait jouir.

Cole regretta aussitôt ses paroles. Il n'avait pas réfléchi… c'était sorti sous le coup de l'émotion !

Demon fronça les sourcils.

— Est-ce que tu ne viendrais tout juste pas de me désobéir et de parler, Cole ?

— Je… suis désolé, monsieur, je…

Demon secoua la tête.

— J'ai bien peur de devoir te remettre le bâillon.

— Non, s'il vous plaît ! implora-t-il.

— Serais-tu en train de désobéir une seconde fois ? Dis donc… on ne t'arrête plus. Tu n'es pas sans savoir que chaque désobéissance vient avec son lot de conséquences, n'est-ce pas ?

Demon se mit à marcher de long en large dans la pièce, prenant son temps pour observer tous les jouets accrochés sur les murs ou rangés sur les tablettes. Après quelques minutes, il décrocha du mur ce qui ressemblait à un bâton. Il revint en face de Cole pour le lui montrer.

— Tu sais ce que c'est ?

Cette fois, se souvenant de rester silencieux, le soumis se contenta de secouer la tête pour répondre.

— C'est une canne BDSM. J'imagine que tu peux deviner son utilité… Elle est rigide et mince, donc plus douloureuse que le fouet, le *paddle* ou la ceinture de ce matin. Pour cette raison, je ne te donnerai pas beaucoup de coups. Elle laissera de jolies zébrures sur ta peau. J'aimerais que tu comptes les coups à voix haute pour moi. Si tu te trompes, il faudra tout recommencer.

Cole écarquilla les yeux. Cela lui semblait bien douloureux ! Pourrait-il le supporter ? Il devait au moins essayer. Ses poings se serrèrent et sa mâchoire se crispa, il était prêt à encaisser le choc.

Demon abattit alors la canne dans le bas du dos de Cole qui cria sous l'impact. Une marque violacée commença à se former sur la chair du soumis qui avait les larmes aux yeux.

— Un ! se souvint-il de compter au dernier instant, la voix tremblante.

— La couleur est magnifique, Cole, tu marques superbement.

Putain ! Ça faisait encore plus mal que ce qu'il avait imaginé. Cependant, la douleur diminuait progressivement pour laisser place à une chaleur qui irradiait dans tout son dos, rendant sa peau encore plus sensible.

Demon leva le bras et abattit la canne pour la deuxième fois. Cole cria sous la surprise.

— Deux !

Le Dom ne lui avait pas dit combien de coups il lui donnerait. Jusqu'où lui faudrait-il compter ? Il ignorait s'il pourrait supporter beaucoup plus. Sa peau brûlait.

Damien le frappa une autre fois.

— Trois !

Cole ferma les yeux, dans l'attente d'un quatrième coup... qui ne vint pas. Demon remit la canne sur le mur et se pencha pour lui frotter le dos. Les doigts du Dom sur sa peau sensible le firent glapir.

— Bravo, tu as tenu le coup sans perdre le compte. C'était très bien. Néanmoins, c'était une punition avant tout, alors je vais devoir tout de même te remettre le bâillon.

Demon lui glissa le bâillon entre les dents avant de lui nouer derrière le crâne. Il scanna la pièce des yeux, puis hocha la tête.

— Ce sera tout pour aujourd'hui, j'ai rendez-vous avec un ami. Sois sage pendant mon absence, il y a des caméras de surveillance dans cette pièce comme partout dans le club. À demain, Cole.

La porte claqua derrière Damien, et les ténèbres engloutirent Cole.

Devil avait une impression de déjà-vu maintenant qu'il se retrouvait attablé dans un café avec Damien, car c'était celui dans lequel ils étaient venus plusieurs mois auparavant quand le propriétaire du club avait voulu qu'il prenne Terrence comme soumis avec *tellement* d'insistance. Les mêmes fragrances de café et de viennoiserie, la même agitation tranquille. Même leur conversation avait des similitudes avec cette autre fois. Damien venait de lui résumer sa situation, et Devil était sur le point d'éclater de rire.

— Attends, tu peux répéter ça ? Tu es en train de me dire qu'un homophobe a signé un contrat de soumission et que tu le gardes enfermé dans une salle de ton club depuis deux jours ?

— Oui, et s'il ne fait pas d'autres bêtises, le contrat prendra fin au terme des quatre jours prévus.

— Mais qu'est-ce qu'il avait à la fin pour avoir droit à un traitement aussi spécial que celui-là ?

Le visage de Damien se referma.

— Des yeux bleus, répondit-il après un moment, des *putains* d'yeux bleus qui donneraient envie à n'importe qui de s'y noyer.

Devil parut comprendre tout de suite l'allusion.

— Eh bien, je ne sais pas trop quoi te dire, Dam', cet homophobe va sûrement prendre les jambes à son cou dès que tu le libéreras. Ou peut-être qu'il ne le fera pas. Après tout, il peut s'enfuir dès qu'il le souhaite. Qu'il soit resté là aussi longtemps est déjà un miracle… Je suis bien placé pour savoir que tu n'es pas tendre comme Dom. Mais c'est quitte ou double. Tu joues à un jeu dangereux.

— Je sais.

Ce fut la seule chose que Damien trouva à répondre à son ami avant de terminer de dévorer son croissant. Une part de lui voulait que Cole reste… Lui, comme Cole, savait que si le soumis était là, c'était parce qu'il l'avait voulu. Mais combien de temps le voudrait-il encore ?

7

Le lendemain matin, tout se déroula exactement comme la veille. Demon détacha Cole, lui donna à manger et à boire, puis l'entraîna dans la salle de bains pour y faire sa toilette. Il commença par lui nettoyer les épaules, puis le dos. Cole s'était raidi sans même s'en rendre compte, plein d'appréhension et de désir concernant l'instant où l'homme allait passer sur son membre ou sur ses fesses. Il était certain que le Dom allait le masturber encore. Et une part de lui attendait ce moment, cette libération, avec impatience.

Demon commença par sa virilité qu'il caressa bien plus que nécessaire pour un simple nettoyage. Cole se sentit haleter. Les doigts habiles du Dom alliés au jet d'eau tiède étaient un mélange ravageur.

— Tu bandes déjà, Cole ? se moqua Demon.

Le soumis ferma les yeux. Il sentait ses jambes flageoler, comme si elles allaient le lâcher d'une seconde à l'autre.

— Est-ce que tu crois que tu mérites de jouir ?

Cole gémit, impuissant. C'est alors que Demon se recula.

— Je pense que je vais te laisser avec ton érection, tout compte fait, mais parce que tu as été sage ce matin, je vais te donner une chance de te soulager toi-même.

Sans davantage d'explication, le Dom lui jeta une serviette, puis sortit de la salle de bains. Le même schéma que la veille se reproduisit et, à contrecœur, Cole revint s'agenouiller au centre de la pièce après qu'il eut terminé de faire sa toilette, son sexe toujours raide entre ses jambes. Damien l'attendait avec une petite bouteille et ce qui avait tout l'air d'être un plug anal noir se terminant par un embout orné d'une pierre précieuse destiné à rester à l'extérieur du corps en guise de décoration.

— Regarde ce que je t'ai amené. Ce sont de beaux jouets, non ? C'est la toute dernière collection de Black Desire. Un ami en est le directeur.

Cole sentit son estomac se nouer à la vue du plug. Il n'était pas sot, même lui savait à quoi ça servait ! Depuis qu'il avait accepté de se soumettre à Demon, une part de lui se demandait constamment s'ils allaient en arriver là... Toute la journée, il avait une panoplie de ce type de jouets juste sous les yeux, stimulant son imagination. Ce n'était qu'une question de temps avant qu'ils y viennent.

Cole ne pouvait s'empêcher d'être nerveux. Il n'avait jamais fait cela avant... et ignorait s'il pouvait y arriver. Or, il se souvenait du bien fou que les doigts de Demon lui avaient procuré en touchant sa prostate. Est-ce que ça produirait la même (délicieuse) sensation ? Quelque part, au-delà de la peur que ce soit douloureux, il avait envie de découvrir le plaisir que cela pouvait lui apporter.

— Je vais même te les prêter pour que tu puisses te soulager. Mais avant toute chose, nous allons jouer à un petit jeu toi et moi.

Demon posa le plug et le flacon de lubrifiant côte à côte par terre à environ un mètre trente devant Cole et se recula de la même distance derrière.

— Nous allons faire une petite course. Si tu atteins le lubrifiant avant que je n'atteigne le plug, tu gagnes le droit de te satisfaire tout seul comme un grand, mais si tu n'y arrives pas et que tu perds, c'est moi qui vais m'en charger. Et pour te prouver que je suis fair-play, je vais même te laisser une longueur d'avance puisque c'est toi qui donneras le signal de départ.

Cole devait se prêter au jeu. Tous ses membres se préparèrent, tendus et en alerte. Il voulait gagner cette foutue course à tout prix ! Il n'était pas question que ce soit Demon qui… pas alors qu'il avait une chance de pouvoir y aller à son propre rythme. Toutes les parcelles de son corps étaient focalisées sur cet unique objectif. Il se concentra, déglutit sans lâcher la bouteille de lubrifiant des yeux.

— Si tu ne donnes pas le départ dans moins de trente secondes, c'est moi qui vais le faire, le prévint Demon, dont une lueur malicieuse brillait au fond du regard.

Après une énième respiration, le soumis se prépara, puis s'exclama :

— Go !

Cole s'élança comme si sa vie en dépendait. Agile, il étira les bras devant lui et agrippa la bouteille avant de se reculer, le cœur battant à cent mille à l'heure. Il releva les yeux, nerveux, pour voir s'il avait réussi.

— On dirait que tu as gagné, félicitations.

En vérité, Demon n'avait pas bougé, se contentant de l'observer avec un air amusé. Un petit frisson glacé parcourut Cole quand il prit conscience que, depuis le début, le Dom avait eu une seule idée en tête et qu'il l'avait laissé intentionnellement gagner.

— Voici ta récompense, dit-il en tendant le plug à son prisonnier. Lubrifie-le bien avant de t'en servir, car tu ne voudrais pas avoir mal, n'est-ce pas ?

Cole examina l'objet sur toutes les coutures. C'était la première fois qu'il tenait un plug entre ses mains. L'apparence et la texture de l'objet lui étaient étrangères.

— Dépêche-toi, Cole, le pressa Demon, je n'ai pas toute la journée et tu ne voudrais pas perdre ta récompense, hein ?

Sans empressement, il dévissa le capuchon de la bouteille et versa du gel lubrifiant sur le jouet jusqu'à ce que ce dernier manque de lui glisser entre les doigts.

— Très bien, maintenant pousse-le en toi. Tu peux même

y mettre quelques doigts avant pour t'assurer que le passage soit bien dégagé.

Cole observa l'objet avec circonspection. Il hésita sur la manière de bien faire les choses. Il ne pouvait pas s'empêcher de penser que cet endroit n'était pas fait pour cela, en dépit du plaisir que cela lui avait procuré la dernière fois, et que le plug était trop gros. Ça n'allait jamais pouvoir passer. Comment faire ?

— C'est simple, Cole, soit tu le fais, soit je le fais. Choisi.

Une chose était certaine : il préférait le faire lui-même plutôt que de laisser Damien l'approcher. C'est donc sans joie qu'il attrapa le plug par sa base, écarta les jambes et en appuya le bout contre son orifice. Prenant une grande inspiration, il commença à l'enfoncer. Aussitôt, l'effet d'une brûlure le lacérant le parcourut. Il gémit alors que de petites larmes s'accumulaient dans le coin de ses yeux.

Ce n'était pas du tout comme l'autre matin ! Quand Demon avait mis des doigts... il n'avait presque rien ressenti du tout, puis le plaisir l'avait complètement submergé.

— Tu y es presque, l'encouragea le Dom d'une voix réconfortante.

— Je ne peux pas...

Le plug ne voulait pas aller plus loin.

— Bien sûr que tu peux.

— Ça ne veut pas...

— Je t'ai dit de commencer avec les doigts, mais tu n'as pas écouté. Recommence et, cette fois, suis mes conseils.

Cole retira le plug pour lever les yeux sur Damien qui commença à le guider avec sa voix.

— Remets du lubrifiant et commence avec ton index.

Couché sur son côté, les genoux repliés vers l'intérieur, le soumis obéit, puis poussa un doigt glissant contre son orifice.

— Le majeur maintenant.

Il n'aurait jamais cru penser cela, mais il était heureux que Demon l'ait déjà touché à cet endroit. Cela lui donnait l'impression que c'était plus facile, le muscle plus souple. Il réussit à pousser le deuxième doigt à l'intérieur sans trop de difficulté.

— Maintenant, essaye de faire des mouvements de ciseau et bouge tes doigts. Assouplis tes chairs.

Cole fit de son mieux, mais ça n'allait pas aussi bien que lorsque c'était Demon qui le faisait. Ses doigts n'étaient pas aussi longs et la position ne facilitait pas les choses. Il n'arrivait pas à trouver cet endroit précis qui déclenchait immédiatement des vagues de plaisir lorsqu'il était touché.

— C'est bien. Réessaye le jouet maintenant.

Le soumis retira ses doigts et reprit nerveusement le jouet. Il le pressa à nouveau contre son orifice, le poussant petit à petit à l'intérieur. Il glissait un peu mieux que lors de son premier essai, mais la brûlure était toujours présente. Misère, il n'allait jamais y arriver... ! Et ce n'était même pas un gros plug. Il en avait vu de *beaucoup* plus gros dans la pièce...

— Allez, Cole, encore un petit effort... Pense au plaisir que ça va te procurer. Tu as adoré quand je t'ai baisé avec mes doigts l'autre jour, non ? Tu l'as admis toi-même. Ce sera encore mieux.

Cole serrait les dents pour supporter la douleur en continuant de pousser le jouet. Il se concentrait sur la voix de Demon et sur la promesse de découvrir un tout nouveau plaisir, plus fort que tout ce qu'il avait connu.

S'il avait d'abord cru que le faire lui-même lui permettrait d'aller à son rythme et serait moins embarrassant que si c'était un autre qui s'en chargeait... Il commençait à prendre conscience que si ça avait été Demon, les choses seraient allées bien plus vite. Sa main tremblait et il avait tout le mal du monde à aller plus loin. Sa prétendue « récompense » n'était qu'un cadeau empoisonné.

— Monsieur...

— Tu y es presque, Cole, encore un petit effort.

Il secoua la tête.

— Aidez-moi, s'il vous plaît...

— Tu es certain ? C'est toi qui as voulu le faire seul après tout.

— S'il vous plaît, répéta-t-il sur un ton suppliant, je ne vais pas y arriver seul…

Le Dom ne se fit pas prier plus longtemps.

— Mets-toi à quatre pattes.

Jambes tremblantes, Cole prit la position demandée.

— Appuie-toi sur tes avant-bras, tête au sol. Ce sera plus facile comme ça, lui assura le Dom.

Cole fit ce qu'on lui disait de faire, se rendant compte que cela soulevait son derrière, le mettant bien en évidence pour Demon. Il sentit ses grandes mains lui empoigner les fesses pour les écarter. Il frissonna… ses paumes étaient froides.

Le Dom ajouta encore du lubrifiant, puis il se saisit du plug et le pressa contre l'orifice de Cole. Le jeune homme se tendit sous l'intrusion. Ses doigts se crispèrent contre le sol matelassé. Il ressentit à nouveau la brûlure qui l'avait fait hésiter à poursuivre et sut qu'il n'aurait jamais pu y parvenir seul. Néanmoins, Demon ne s'arrêta pas et continua de pousser le jouet à l'intérieur de lui.

— Tu es tellement serré, ça se voit que c'est une première fois, mais si tu pouvais voir comme ton corps aspire le plug à l'intérieur…

Demon faisait plier ses chairs à sa volonté, imposant la présence du jouet, peu importe les résistances. Après quelques minutes, il finit par faire pénétrer entièrement le plug qui heurta directement la prostate de Cole, le faisant gémir et faisant tressaillir son sexe.

— Voilà, tout au fond… La douleur ne durera pas.

En effet, la brûlure initiale était remplacée par une légère gêne et, surtout, par une pression agréable contre sa prostate qui lui faisait voir des étoiles.

— Tu bandes encore, touche-toi, Cole, je t'en donne l'autorisation. Montre-moi ce que tu aimes et comment tu te masturbes quand tu es chez toi…

Comme plongé dans un univers parallèle, entre douleur et

plaisir, il se remit à genoux, attrapa sa virilité et se masturba au même rythme que son orifice pulsait et l'élançait. Ce n'était pas juste le plug... c'était toute la scène : la voix de Demon, ses ordres, ses mains, son regard, tout ce qui le plongeait dans la soumission et qui faisait descendre tout son sang directement dans son membre.

— Écarte davantage les jambes, lui ordonna le Dom, tu ne voudrais pas que je te remette la barre d'écartement tout de suite, hein ?

Ses jambes tremblèrent, mais s'écartèrent d'elles-mêmes pour donner au Dom une meilleure vue sur son intimité. Ses pupilles se dilatèrent et il finit par se faire jouir en criant.

— Eh bien, commenta Damien, il semble que tu aies joui avec quelque chose dans le cul, Cole. Ça t'a fait quoi ? Tu te sens toujours aussi sale ?

Le soumis haleta, reprenant petit à petit ses esprits.

— Tu rougies et tu es excité dès que je te touche ou te donne un ordre, Cole. Entre nous, je crois que tu es tout aussi gay que moi.

Cole dévisagea Damien, outré.

— Regarde-toi, tu es encore raide.

Le Dom s'agenouilla et toucha du bout des doigts la queue dressée du soumis qui gémit instantanément, encore sensible de son précédent orgasme.

— Je vais te rattacher à la barre et te laisser le plug et si tu bandes encore, la prochaine fois, je vais te baiser, Cole. Et ça va te plaire.

8

Damien ne dormait pas si bien ces temps-ci. Il avait recommencé à faire des rêves au sujet de Warren... Il en avait toujours fait, mais ceux-ci avaient diminué dans la dernière année, le laissant penser qu'il pourrait peut-être enfin faire la paix avec le passé. Or, les cauchemars étaient plus fréquents maintenant. Il se réveillait au beau milieu de la nuit, le front mouillé et incapable de se rendormir avant les petites heures du jour.

Puis, bien sûr, il y avait Cole... Difficile de ne pas y penser, alors qu'il passait une longue partie de sa journée avec lui. Il ne savait toujours pas ce qui lui avait traversé l'esprit quand il avait décidé de lui proposer un essai. Pour être honnête, il avait d'abord pensé que Cole refuserait et qu'ils se mettraient simplement d'accord pour qu'il ne revienne plus jamais dans le club. Il détestait les fauteurs de troubles dans son genre mais, d'un autre côté, il n'aimait rien de plus que leur donner une bonne leçon, alors... il avait proposé ce test, sans trop y croire. Il s'était dit qu'il devait bien y avoir une raison qui poussait une personne à revenir constamment dans un club BDSM... et ce ne pouvait pas être que la haine. C'était un milieu qui intriguait et qui fascinait beaucoup de gens. Enfin, une part de lui avait détecté quelque chose chez Cole... à la manière dont il réagissait à ses ordres ou à son toucher... Il pouvait deviner qu'il était curieux.

Ça ne l'avait pas empêché d'être étonné quand Cole avait accepté de se soumettre à lui. Maintenant, il ne pouvait pas se foirer ni se permettre de laisser ses émotions le contrôler. Il devait être un bon Dom pour le jeune homme, le laisser avec un bon souvenir de cette expérience, même s'il ne revenait plus jamais au BDSM après ces quelques jours. Il s'en souviendrait toute sa vie.

Quand il avait laissé Cole pour la nuit, hier, il s'était un peu laissé emporter... Il était encore surpris que le jeune homme n'ait toujours pas utilisé son mot de sécurité. Pourtant, il n'avait pas été tendre avec lui. Et Cole était un bien meilleur soumis que tout ce qu'il avait pu imaginer à son sujet.

Damien resta dans ses pensées pendant qu'il s'habillait et se brossait les dents. Il se sentait un peu coupable de le laisser enfermé seul dans une des salles de jeu du club pendant toute la nuit. Alors, depuis qu'ils avaient commencé à jouer, il se rendait au Leather & Pleasure Club plus tôt qu'à l'habitude. Ça ne voulait pas dire qu'il allait tout de suite rendre visite à Cole, mais au moins il le savait en sécurité. Il le laissait généralement dormir jusqu'à 9 ou 10 heures. Pour endurer tout ce que le Dom lui faisait subir, le soumis devait avoir une bonne nuit de sommeil.

Il jeta un dernier regard à son salon avant d'éteindre la lumière. Devil disait que sa maison était impersonnelle, tout droit sortie d'un catalogue Ikea... Ne supportant plus d'habiter dans le lieu où il vivait quand Warren était encore là, il avait déménagé après sa mort. Mais il n'avait jamais vraiment pris la peine de personnaliser et d'aménager ce nouveau chez-lui, même s'il y était depuis quelques années maintenant. De toute façon, il ne passait pas beaucoup de temps ici. S'occuper d'un club aussi populaire et prestigieux que le sien demandait énormément d'heures de travail chaque semaine, si bien qu'il ne les comptait plus. Comme il passait le plus clair de ses journées au bar, il ne voyait aucun intérêt à décorer un endroit qui ne lui servait qu'à dormir.

Il récupéra ses clés et ferma la porte derrière lui.

Damien entra dans son club pour y mettre de l'ordre avant l'ouverture et pour rendre visite à Cole. Il passa dans son bureau et, pendant qu'il ramassait deux ou trois trucs, il jeta un coup d'œil aux caméras de surveillance. Il resta figé un instant en observant celle dans la pièce où était enfermé le soumis.

Cole semblait se trémousser dans tous les sens sur sa couchette, mal à l'aise, comme s'il cherchait à se soulager en se frottant contre les draps. En regardant avec plus d'attention, Damien réalisa que son soumis bandait. Il écarquilla les yeux.

— Eh bien, ça, c'est une surprise...

Damien était sincèrement surpris parce qu'il ne s'y attendait pas du tout. Il allait jusqu'à se demander s'il devait aller au bout de sa parole d'hier, si c'était ce que Cole voulait... Des tas de choses s'entrechoquaient dans sa tête. Il ne l'avait pas dit sérieusement... c'était sous le coup de l'excitation et de l'émotion, rien de plus. Il était dans son rôle, voilà tout.

Il prit une grande respiration et marcha le long du couloir de chambres VIP jusqu'à la dernière au bout de celui-ci. Quand il ouvrit la porte, il ne savait pas encore ce qu'il voulait faire.

Dès qu'il avait entendu le grincement de la porte, le soumis s'était relevé et était allé s'agenouiller au centre de la pièce. Cette position ne faisait qu'accentuer la pression du plug sur sa prostate.

Leurs regards se croisèrent durant quelques secondes, feu contre glace. Demon s'approcha comme un prédateur s'avance vers sa proie et ôta le bâillon-boule de la bouche de Cole pour lui permettre de parler.

— Je n'ai qu'une question, Cole : es-tu attiré par les hommes ?

Il vit l'hésitation danser dans les yeux du jeune homme, mélange de désir et de frustration. Il garda le silence malgré la question de Demon, refusant de répondre.

— Tu es excité à l'idée que je te baise, tu l'étais avant même que j'entre dans la pièce, je pense que ça fait de toi un homme attiré par les hommes, reprit le Dom, et je veux que tu le dises à voix haute, que tu l'acceptes. Si tu ne veux pas, tu n'as qu'à dire ton mot de sécurité et sortir de cette pièce.

Demon attrapa le bas de son T-shirt et le fit passer au-dessus de sa tête, dévoilant son torse musclé. Cole l'observa avec avidité et curiosité à la fois, incapable de détacher son regard. Il l'avait déjà vu hier, mais Demon était toujours aussi sexy.

— Dis-le et je vais te donner ce que tu veux, Cole.

Les larmes s'accumulèrent dans les yeux bleutés du soumis qui paraissait avoir atteint ses limites.

— Non... pas ça...

— Qu'est-ce qu'il y a de mal avec ça ?

La voix de Cole était étouffée et faible.

— S'il vous plaît, ne me le faites pas dire...

— Dis-le, exigea Demon plus fermement cette fois. Ça te libérera. Tu dois être honnête avec moi, tu te souviens ?

Les yeux remplis d'eau, il trembla et c'est d'une voix déchirante qu'il murmura d'une manière presque inaudible :

— Je... je suis attiré... par les ho... mmes...

Cole poussa un long soupir de soulagement.

— Je n'ai rien entendu, déclara le Dom, répète.

— Je suis attiré par les hommes.

La deuxième fois fut plus libératrice. Cela faisait du bien de le dire à voix haute. Il ne l'avait jamais dit avant.

Il avait toujours eu peur de se l'avouer. Son père avait juré à de multiples reprises qu'il le rejetterait si jamais il était gay. Il avait fini par se faire une carapace et se convaincre qu'il haïssait les gays pour éviter d'en devenir un, alors qu'au fond de lui... il crevait d'envie et de désir dès qu'il voyait un homme comme Demon. Malgré la douleur qui l'irradiait, les larmes qui brouillaient sa vision et la peur mêlée à l'excitation qui bouillonnait au creux de son ventre, il était soulagé, quelque part, de l'avoir dit.

Demon afficha un sourire satisfait et bienveillant. Enfin, Cole lui avait dit la vérité ! Enfin, il reconnaissait et acceptait ce qu'il était et pouvait voir tout le plaisir que cela pourrait lui apporter s'il était plus honnête avec ses désirs.

— Très bien, je vais te satisfaire, Cole. Me donnes-tu la permission ?

Sans trop savoir pourquoi, Cole hocha lentement la tête.

Damien ôta lentement son pantalon, puis jeta son boxer au loin, se retrouvant bientôt entièrement nu devant son soumis. L'avocat émit un petit cri étouffé en posant ses prunelles sur le membre imposant de Damien. Ce truc immense allait vraiment entrer en lui ?!

Après plusieurs jours de réflexion, Cole avait une étrange curiosité au fond de lui… qu'est-ce que ça lui ferait de se faire baiser par Demon ? Il savait qu'il était gay, mais il n'avait jamais pu exprimer sa sexualité auparavant. Dans les derniers jours, le Dom lui avait fait tout plein de choses qu'il n'avait pas aimées du tout, d'autres qui lui avaient provoqué les meilleurs orgasmes de sa vie… pour une fois, il parvenait mal à cacher sa curiosité pour ce qui allait suivre. S'il se sentait déjà au bord de l'orgasme avec le plug et seulement à la pensée que le Dom allait le prendre… qu'est-ce que ce serait de l'expérimenter pour de vrai ?

— Mets-toi dans la même position qu'hier.

Cole se pencha sur ses avant-bras, laissant ses fesses bien en l'air pour toutes les fantaisies de son Dom. L'excitation grimpait dans son estomac à mesure que les choses devenaient sérieuses.

Damien agrippa la base du plug anal que le soumis portait toujours et il le retira, lui arrachant un cri de surprise. Il allait le baiser, et Cole allait aimer ça. Il le toucha, sa main suivit la courbe de ses fesses.

Cole sentit ses épaules trembler et la respiration du Dom contre sa nuque, de quoi le faire frissonner. De plaisir… ou de honte. Damien toucha son sexe, le serrant entre ses doigts, les faisant glisser du sommet jusqu'à la base. Le propriétaire du club lui mordit l'épaule, y imprimant la marque violacée de ses dents. Le mix de douleur et de plaisir était à deux doigts de propulser la conscience de Cole à des miles et des miles de là. Il avait l'impression de ne plus être qu'une loque frémissante de sensations. Au bord de la petite mort, Cole finit par jouir par spasmes violents.

Le Dom allait le prendre… il allait se faire baiser par Demon. Il ferma les yeux en attendant l'inévitable, l'estomac noué par des sentiments et des désirs qu'il ne comprenait pas encore, mais… rien ne vient. Cole était déconcerté…

Demon garda le silence et se recula. Non, il en était incapable. Il avait vraiment eu dans l'idée de baiser Cole, mais… il ne le pouvait pas, il refusait d'aller aussi loin. Sans dire un mot, il se rhabilla. Comme Cole le regardait avec toute la confusion du monde dans les yeux, Demon prit sa voix la plus dure et lui ordonna d'aller faire sa toilette. Seul. À son retour, il lui tendit de la nourriture, le rattacha et partit sans même lui adresser un regard.

En vérité, Demon se sentait coupable malgré tout… et bien malgré lui, il ne pouvait s'empêcher de voir en Cole ceux qui avaient assassiné Warren.

Le lendemain matin, aussi tôt que possible, Demon entra dans la petite pièce où il gardait Cole et le détacha entièrement, lui ôtant les menottes et le collier sous le regard effaré du soumis.

— Nous sommes le cinquième jour, je te redonne ta liberté, lui dit Damien en lui tendant et ses vêtements.

Cole le dévisagea comme s'il avait peur que ce soit une blague mais, comprenant que le Dom était sérieux, il se rhabilla en vitesse et lui arracha pratiquement son portefeuille des mains.

Encore perturbé par ce qui c'était passé la veille, c'est sans dire un mot qu'il s'enfuit littéralement du club en courant, trop heureux de retrouver l'extérieur et sa liberté de mouvement. Il se jura de ne plus jamais mettre les pieds ici ni de recroiser Damien.

9

Cela faisait une semaine que Cole avait retrouvé sa liberté et il ressentait toujours ce vide particulier en lui. C'était une sensation étrange. Il se surprenait parfois à toucher son cou, comme si l'épais collier de cuir lui manquait. Il ne savait pas du tout ce qui lui arrivait. Il s'était masturbé en écoutant du porno BDSM gay la veille...

Damien lui avait fait découvrir des plaisirs sombres et interdits. Il avait maintenant l'impression qu'il lui manquait quelque chose. Il n'arrêtait pas de penser à ces quelques jours qu'il avait passé, enfermé. Il y avait des choses qu'il avait aimées, d'autres non. Mais, à chaque fois qu'il y pensait, il ressentait ce je-ne-sais-quoi dans le bas de son ventre, ce mélange excitant de peur et de plaisir. Cette sensation que seul le Dom pouvait lui procurer. Demon l'avait troublé et avait laissé une marque indélébile sur lui, pour le meilleur et pour le pire. C'était indéniable.

Toutes les sphères de sa vie étaient devenues vides et étranges. Rien n'était plus pareil. Quand les autres avocats de son cabinet l'interrogèrent sur ses « vacances », il bredouilla, tentant d'inventer une excuse qui tiendrait la route. Et quand on le charriait en lui demandant s'il avait rencontré une fille ou s'il était allé à un rendez-vous... il ne savait plus quoi répondre...

Damien lui avait fait avouer l'inavouable... mais il n'était pas encore prêt à le dire au monde. Il ne se sentait pas capable de déclarer à tous ses collègues que, non, il n'y aurait jamais aucune fille dans sa vie… Et au fond, ça ne regardait personne d'autre que lui.

Il s'était juré de ne plus jamais y retourner et, pourtant, le voilà qui, le cœur battant, faisait la queue pour entrer à nouveau au Leather & Pleasure Club. Il devait être cinglé de vouloir y retourner… Mais il devait absolument voir Demon, tirer les choses au clair, reparler de ces quatre jours qui avaient mis sa vie sens dessus dessous…

Arrivé devant le *doorman*, celui-ci parut le reconnaître.

— Hey ! Tu es banni d'ici, toi, tu n'as pas la permission d'entrer, tu as déjà bien assez foutu la merde comme ça !

Cole ragea intérieurement. Ce n'était pas vrai ! On l'avait exclu ?

— S'il vous plaît ! Laissez-moi entrer ! Je dois voir…

Et c'est là qu'il se rendit compte qu'il ne connaissait toujours pas le vrai nom de l'homme qui l'avait gardé enchaîné durant ces quatre jours.

— Je dois voir Demon !

Le *doorman* plissa les yeux, incertain.

— Damien ?

Oh, donc c'était cela son vrai prénom.

— Je ne suis pas ici pour semer la pagaille, je le jure ! insista-t-il. Je ne suis même pas soûl, je n'ai rien bu, vous pouvez vérifier !

L'homme qui gardait la porte d'entrée soupira, le scanna du regard, mais finit tout de même par s'écarter pour le laisser passer.

— D'accord, mais fais vite. Il doit être derrière le bar à cette heure-ci.

— Merci beaucoup ! s'exclama-t-il en s'engouffrant dans la place.

Habituellement, toutes les fois qu'il était venu ici, c'était après s'être bourré la gueule pour oublier. Frustré contre tous ces gens qui pouvaient afficher leur orientation sexuelle aussi librement sans représailles, alors que lui était confiné dans son placard, il ne mesurait pas l'ampleur de ses paroles et s'autorisait à déverser sa haine sans raison. Aujourd'hui, il était à jeun. Il voyait les choses différemment. Surtout depuis Damien…

En parlant du loup, il eut tôt fait de le repérer derrière le bar en train de servir des cocktails à des clients. Il semblait se plaire à faire ça, alors qu'il aurait sans doute pu payer un employé pour exécuter ce job. Il portait un T-shirt noir et un jean. Son haut était ajusté, laissant deviner les abdominaux qui se cachaient en dessous. À sa vue, le cœur de Cole fit un bond dans sa poitrine. Il était aussi sexy que dans ses souvenirs. Rien qu'en le voyant, il pouvait rejouer chaque scène de leurs séances BDSM dans sa tête… Cela suffisait presque à faire naître l'excitation chez lui. Comme il avançait dans la direction du bar, son estomac se tordit de nervosité. Il n'avait pas répété ce qu'il allait dire… Comment allait-il être accueilli ?

Lorsque Damien le vit, il se figea en fronçant les sourcils. Le jeune homme crut déceler la surprise dans son regard, puis le trouble. Il ne s'attendait certainement pas à le voir ce soir, encore moins dans son club.

— Qu'est-ce que tu fais ici… Qu'est-ce que tu veux, Cole ?

Le jeune homme prit son courage à deux mains.

— On doit parler. Ces choses que vous m'avez faites… Je n'arrête pas d'y penser…

Damien secoua la tête. Il lui parut fuyant. Son comportement était bizarre. Ce n'était pas du tout l'homme que Cole avait eu en face de lui pendant quatre jours. Ce Damien-là était plus froid et ne semblait plus du tout s'intéresser à lui. Il remplissait des shots de vodka pour un client sans même le regarder.

— C'est bien gentil d'être revenu, mais ce n'était que quatre jours, pas plus. Je suis heureux de t'avoir ouvert les yeux sur ton orientation sexuelle, mais ça n'ira pas plus loin. Désolé.

Cole se sentit brusquement rejeté. Il cligna plusieurs fois des yeux, ne parvenant pas à avaler ce qu'il venait tout juste d'entendre.

— Quoi ?

— Écoute, je ne cherche pas de relation sur du long terme pour le moment et mon club me tient occupé. Sans parler que de sortir avec des ex-homophobes ou des gays confinés dans leur placard, ce n'est pas vraiment mon truc. J'ai assez donné de ce côté-là.

Cole se sentit profondément vexé.

— Mais... je...

— Si tu te cherches un Dom, il y en a d'excellents dans ce club. Mais ce ne sera pas moi.

Cette fois, Cole comprit le message.

— Très bien, lâcha-t-il sèchement en tournant les talons.

Il était vraiment énervé de s'être fait rejeter de la sorte après les quatre jours qu'ils avaient passés ensemble. Il n'y comprenait rien. Cole ne savait pas exactement ce qu'il était venu chercher... Mais il avait au moins espéré que Damien serait ouvert à la discussion... Il aurait aimé pouvoir discuter plus longuement avec lui et voir où cela aurait pu les mener... C'était Damien qui l'avait initié à toutes ces choses et tous ces plaisirs... il devait prendre ses responsabilités !

Peu après le départ de Cole, Damien ordonna à un des serveurs de le remplacer derrière le bar et, perturbé, il s'enferma dans son bureau pour passer un coup de fil à Devil. Il savait que ce dernier pourrait sans doute l'aider à y voir plus clair dans toute cette histoire. Il ne s'était pas du tout attendu à ce que le jeune homme vienne le voir ni qu'il puisse être ouvert à *plus*... Ça l'avait totalement pris par surprise.

— Oui, allô ?

— Est-ce que je te dérange ?

— Non, ça va, Terrence vient de s'endormir, il a eu une dure journée sur le plateau de sa série. Qu'est-ce qui me vaut l'honneur de ton appel ?

La raison tenait en trois mots :

— Il est revenu.

— Qui ça ?
— Tu sais très bien de qui il s'agit !
— *Lui* ? Il est vraiment revenu !?
Devil manqua d'éclater de rire.
— Ouais... Je pense qu'il voulait se soumettre à moi à nouveau.
— Et qu'est-ce que tu lui as dit ?
— J'ai refusé, bien sûr.
À l'autre bout du fil, Devil parut agacé.
— Pour quelles raisons ?
— Je n'ai pas le temps de prendre un soumis et certainement pas un soumis encore dans le placard, ce serait la merde.
— Et pourquoi tu m'appelles, alors ? Ta décision semble déjà prise, non ? Je pense que tu te cherches des excuses, Dam'. Ce gars est peut-être la meilleure chose qui puisse t'arriver. Tu m'as longtemps poussé dans les bras de Terrence et je ne l'ai jamais regretté, alors je ne vais pas hésiter à te rendre la pareille. Tu ne vas peut-être pas aimer ce que je vais te dire, mais Warren est mort depuis trois ans. Je sais que ça a été un choc et que c'est encore sensible, mais il est peut-être temps que tu tournes la page. C'est ce qu'il aurait voulu pour toi.

Le visage de Damien se durcit. Il n'aimait pas que l'on parle de Warren, mais il savait au plus profond de lui que Devil avait raison... Son défunt fiancé n'aurait pas voulu qu'il s'empêche d'avoir des relations à jamais à cause de lui.

— Je vais te répéter ce que tu m'as dit quand j'ai rencontré Terrence, poursuivit Devil. Tu m'as toujours soutenu que c'était le soumis qui avait le pouvoir et que c'était le soumis qui choisissait son Dom. Et ce Cole t'a déjà choisi.

Il s'écoula encore deux jours. Cole oubliait petit à petit sa frustration et son rejet, même si Damien occupait toujours une place de choix dans un coin de son cerveau. Il se changeait les idées comme il pouvait en se plongeant dans le travail et en restant jusque tard au cabinet, ne prenant le chemin de son appartement que plusieurs heures après le départ de son dernier collègue.

Un soir comme un autre, alors qu'il rentrait, il retrouva Damien, en chemise-cravate, qui l'attendait devant chez lui, appuyé contre le mur de l'immeuble avec un air nonchalant.

10

Le cœur de Cole dansa la samba dans sa poitrine. Il ignorait s'il devait être terrifié ou, au contraire, très excité. Une chose était certaine, il n'allait pas obéir sans rien dire. Cette fois, il n'y avait aucun contrat entre eux. Et si Damien voulait le ravoir, il allait devoir s'expliquer. Il avait encore en travers de la gorge d'avoir été rejeté comme il l'avait été il y a deux jours...

Alors, malgré la charge émotive qui l'habitait, le jeune homme tenta de paraître aussi neutre que possible.

— Comment avez-vous trouvé où j'habitais ? demanda-t-il simplement.

— J'ai eu accès à ton portefeuille durant quatre jours. J'ai vu l'adresse sur ton permis de conduire.

Cole l'affronta du regard, bien décidé à ne pas se laisser faire.

— Pourquoi êtes-vous ici ? Vous m'avez clairement rejeté quand je suis venu à votre club, il y a deux jours.

La mâchoire de Demon se serra.

— Peut-être que j'avais envie de voir si tu en valais le coup ? Peut-être que je veux savoir si ce n'est pas juste une lubie qui te passera.

Cole venait de découvrir sa sexualité, d'avoir ses premières expériences avec un homme, c'était normal qu'il accorde une certaine importance à Demon et qu'il soit attiré par lui, mais ça finirait sûrement par lui passer... Le Dom peinait à croire que Cole désirait vraiment se soumettre. Mais il était ici pour le découvrir...

— Et pourtant..., cracha le jeune homme, amer, n'était-ce pas ce que j'étais pour vous, durant ces quatre jours, une lubie ?

Demon secoua la tête.

— Tu avais besoin d'une bonne leçon, d'apprendre la discipline et la gestion de tes émotions. J'y ai pris du plaisir, c'est vrai, mais je ne suis pas le seul... S'il te plaît, Cole, laisse-moi entrer et nous pourrons en discuter à l'intérieur.

Cole hésita. Il n'avait pas envie de céder si facilement aux demandes de Damien ni de lui pardonner de l'avoir froidement rejeté au bar l'autre soir. D'un autre côté, pouvoir avoir une vraie discussion avec le Dom sur ce qui s'était passé et ce qui pourrait en découler, c'était tout ce qu'il avait souhaité. Alors, parce qu'il était curieux de ce que le propriétaire du bar avait à dire et parce qu'il voulait en avoir le cœur net, il finit par acquiescer.

Le jeune homme déverrouilla la porte et fit monter Damien jusqu'à son appartement, quelques étages plus haut. Il lui ouvrit et le fit entrer en silence.

Dès qu'ils furent à l'intérieur, Cole croisa les doigts sur son torse, attendant des explications.

— De quoi voulez-vous parler ? J'attends. Mais je ne serai pas patient.

Damien regardait autour de lui sans trop savoir où se mettre. Il soupira.

— Qu'est-ce que tu voulais *vraiment* quand tu es venu me voir au club ce soir-là ?

— Vous parler, comprendre.

— Mais encore ?

— Je n'arrête pas de repenser à toutes ces choses que nous avons faites ensemble. Mon corps ne fonctionne plus normalement depuis...

Il avait du mal à bander et à jouir sans repenser à la poigne de Damien, aux menottes et aux chaînes qui entravaient ses poignets. C'était gênant à admettre, alors il détourna les yeux.

— ... alors je voulais que vous preniez vos responsabilités ! ajouta Cole.

Damien le regarda avec un air surpris.

— Mes responsabilités ?

— C'est la faute de toutes ces choses que vous m'avez faites si je suis comme ça maintenant.

— Je suis sincèrement désolé de t'avoir rejeté, s'excusa Damien d'une voix plus douce. Je n'étais pas préparé à ta visite et des tas de pensées se sont bousculées dans ma tête. J'ai parlé à un ami après ton départ... ça m'a ouvert les yeux.

Le barman soupira à nouveau et s'appuya contre le dossier du sofa derrière lui puis reprit :

— Je t'en ai déjà parlé brièvement... mon fiancé est mort il y a trois ans et je pense que, depuis, je me suis fermé émotionnellement et que je me suis empêché de débuter de nouvelles relations. Ce n'est pas ce qu'il aurait voulu pour moi.

Les yeux bleus de Cole s'agrandirent. Est-ce que ça voulait dire que Damien était OK pour tenter quelque chose ?

— Mais ce n'est pas tout, ajouta le Dom. J'étais sérieux lorsque je disais que je ne voulais pas m'investir avec une personne encore dans le placard... Je me suis caché quand j'étais plus jeune et ça m'a suffi. Plus jamais. Or, j'ai réfléchi à ce sujet... Je suis conscient que tout cela est nouveau pour toi. Tu dois pouvoir prendre ton temps et le dire à tes proches quand tu te sentiras prêt. Ce serait mal que de te forcer à accélérer le processus. Et enfin... je dois savoir ce que, *toi*, tu veux vraiment. Alors, qu'est-ce que tu veux, Cole ?

C'était le moment ou jamais d'oublier son ego et d'être honnête. Cole n'aurait pas une deuxième chance comme celle-là. Il devait être clair.

— Me soumettre à nouveau, finit-il par répondre sans oser regarder Damien dans les yeux. À vous.

Goûter encore à ces plaisirs qui l'avaient changé à jamais... S'il était 100 % honnête, c'était pour ça qu'il était revenu. Et il ne voulait pas d'un autre Dom que Demon. Le jeune homme sentait ses joues le brûler.

— Est-ce que c'est vraiment ce que tu veux ?

Pourquoi était-il aussi insistant ? Il avait pourtant l'impression d'avoir été clair sur ce qu'il voulait.

— Oui...

— Tu sais que je ne suis pas tendre. Je suis un Dom sévère et exigeant. Normalement, je ne prendrais pas de soumis débutants...

— Je sais.

— Alors, tu es prêt à endurer tout ce que je pourrais te faire subir... ?

Cole déglutit. Il sentit sa gorge s'assécher.

— Oui, monsieur.

Du moins, il allait essayer. Il avait appris que tout effort était récompensé. Et s'il supportait et accueillait la douleur, il pourrait être traversé d'un plaisir au moins tout aussi puissant.

— Ce ne sera pas juste pendant les scènes. Si nous entrons en relation, tu devras m'appeler « monsieur » et te soumettre à moi en tout temps. Certaines personnes pratiquent le BDSM seulement dans leur intimité comme une façon de libérer le stress et les émotions. Ce n'est pas mon cas. En ce qui me concerne, c'est un mode de vie. Bien sûr, nous ne serons pas toujours en train d'avoir des relations sexuelles ou de jouer, ce n'est pas ce que ça veut dire. Simplement que je m'attends à un certain niveau de respect en permanence et à ce que tu obéisses si je te donne un ordre. Tu dois également toujours être honnête avec moi. Si tu me caches quelque chose, cela pourrait avoir de graves conséquences. Une relation BDSM doit être fondée sur la confiance mutuelle. Tu comprends ?

— Oui, je comprends.

Il avait envie d'essayer... de voir ce que ça ferait. Mais les paroles de Damien avaient fait naître une pointe de nervosité. Et s'il lui donnait un ordre pendant qu'il était en train de plaider au tribunal ou qu'il s'occupait d'un dossier important ? Le Dom parut lire dans ses pensées, car il ajouta :

— Je ne ferai jamais rien qui pourra te nuire. Tu seras à l'écoute de mes désirs et je serai à l'écoute de tes besoins. Bien sûr, il y aura toujours le mot de sécurité. Si quelque chose ne te plaît vraiment pas, que tu ne te sens pas bien ou que tu crois que tu vas craquer, utilise-le. Il n'y a aucune honte à cela. Je pourrai être vraiment dur avec toi et te pousser à tes limites. Mais je ne le ferai que si j'ai la certitude que tu m'arrêteras si tu ne peux pas en supporter davantage. Alors, quel est ton mot de sécurité ?

— « Rouge ».

Il s'en souvenait parfaitement.

— Très bien. Et comment te sens-tu par rapport à tout ce que je viens de te dire ? As-tu toujours envie de te soumettre à moi ?

— Nerveux… et excité. J'en ai toujours envie.

C'était étrange que deux sentiments comme ceux-ci puissent cohabiter. C'était ce que provoquait le BDSM. Cole appréhendait autant qu'il attendait ce que Damien pouvait lui faire. L'excitation et la peur de la découverte mélangées.

Damien inclina la tête et s'éloigna du sofa.

— D'accord, dans ce cas, assez parlé, je vais prendre toutes mes responsabilités, puisque tu le demandes. Je ne tolérerai plus aucun mot sortant de ta bouche à moins que je t'en donne l'autorisation, Cole. Et tu sais ce qui arrivera si tu désobéis, je vais être forcé de te faire taire moi-même ! Maintenant, mets-toi à genoux.

Un frisson grimpa le long de l'échine de Cole qui hocha la tête en se laissant tomber au sol, incapable de détacher les yeux de son nouveau Dom.

— Voyons voir ce que tu as ici qui pourrait nous être utile. Déshabille-toi pendant ce temps-là.

Demon parcourut le salon des yeux et finit par s'approcher des rideaux qu'il détacha afin de récupérer les cordes qui permettaient de les retenir fermés. Il revint ensuite auprès de Cole – qui avait repris sa place sans broncher après s'être mis tout nu – avec ses trouvailles. À l'aide des cordes, il attacha les chevilles du jeune homme à ses cuisses pour le forcer à garder les jambes ouvertes, puis il défit sa cravate pour lui lier les bras dans le dos. Il avait fait de solides nœuds de marin, et le soumis ne pouvait plus bouger du tout. Le Dom contempla son œuvre quelques instants. *Ça fera l'affaire pour aujourd'hui*, décida-t-il, satisfait.

— Alors, Cole, dit-il en soulevant le menton du soumis du bout des doigts, tu n'as toujours pas peur, tu veux toujours te soumettre ?

Le jeune homme hocha lentement la tête. Sa queue tressautait sans échapper au regard du Dom et l'adrénaline coulait dans ses veines au même rythme effréné que son pouls. Sans trop qu'il sache pourquoi, tout ça l'excitait. Il savait que ça ne devrait pas… mais c'était hors de contrôle. Il avait honte d'être excité par un autre homme, par le fait d'être attaché et forcé de se soumettre.

— Sache que tu ne peux plus revenir en arrière, maintenant, je ne m'arrêterai plus, prévint-il, cherchant à sonder les motivations de Cole.

Cole déglutit, mais il ne démontra aucun signe d'un quelconque désir de fuir la situation. En vérité, la dominance de Demon l'excitait.

— Très bien, poursuivit ce dernier. Je me demande jusqu'où tu serais prêt à aller pour me prouver que tu désires réellement te soumettre.

Le Dom détacha sa ceinture et la replia en deux pour la tenir dans sa main.

Il marcha de long en large devant le soumis tout en se pinçant les lèvres, un brin pensif. Il passa derrière Cole et caressa sa nuque avec le bout de sa ceinture, provoquant des tas de frissons dans le corps du jeune homme. Puis, il leva le bras et abattit sans délicatesse le cuir contre la peau qui lui était offerte.

Cole sursauta en poussant un cri qu'il regretta aussitôt. Demon répéta le geste deux, trois et peut-être même dix fois, jusqu'à ce que l'homme à ses pieds ne sente plus rien d'autre que la douleur qui l'irradiait. Cole serra les dents, les larmes au coin des yeux. Il imaginait sa peau rouge braise, comme si elle brûlait vive !

— Tu en veux encore, Cole ? le provoqua Demon en se passant la langue sur les lèvres. Tu es toujours aussi certain de toi ?

Le soumis déglutit lentement, mais il ne broncha pas. La vérité, c'était qu'il avait mal, mais il voulait prouver à Damien qu'il était celui qu'il lui fallait et qu'il pouvait tout endurer pour lui.

Le Dom, s'il fut impressionné, n'en montra rien. Il frappa une nouvelle fois Cole avec la ceinture, cherchant à faire craquer le soumis. Or, ce dernier se montrait assez résistant, plus qu'il ne l'aurait imaginé. Même s'il ne suffisait maintenant qu'il effleure seulement la peau martyrisée de Cole pour lui tirer des gémissements de douleur incontrôlables.

Demon appuya sa chaussure dans le creux du dos du soumis et le poussa face contre terre. Joue écrasée au sol, Cole émit un faible grognement de protestation, alors qu'il sentait ses muscles craquer et se plaindre de la position tout particulièrement inconfortable.

Le Dom avait désormais une vue imprenable sur le délicieux petit cul de Cole qu'il prit tout le temps d'admirer, avant de tout simplement s'agenouiller près du jeune homme. Il écarta les deux buttes de chair qui lui faisaient face et frotta son doigt contre l'orifice rosé, cherchant à exciter et frustrer Cole à la fois.

Sa victime émit un sifflement entre ses dents et ses hanches bougèrent toutes seules, tremblantes.

— Je vais te prendre pour de vrai cette fois, Cole, si fort que tu en crieras, lui gronda-t-il à l'oreille tout en lui mordillant le lobe.

Cole avait l'impression que le souffle de Demon chatouillait sa peau jusqu'à ses os. Il frissonna, se couvrant de chair de poule. Il avait été frustré la dernière fois, quand Damien l'avait laissé dans la pièce sans être allé jusqu'au bout... Enfin, ils allaient pouvoir remédier à cette erreur.

— Tu as du lubrifiant quelque part, Cole ? Et des préservatifs ?

— Dans la chambre. Dans la table de chevet, répondit-il en haletant. C'est à gauche.

— Ne bouge surtout pas.

Le Dom se releva et marcha dans la direction indiquée par Cole. L'appart n'était pas très grand, alors il trouva rapidement la chambre. En fouillant dans la table de chevet, il mit la main sur une petite bouteille de lubrifiant et un préservatif.

Il revint auprès de Cole. Le soumis n'avait pas bougé.

— J'ai tout trouvé.

Demon se repositionna derrière le jeune homme et ouvrit le lubrifiant. Il fit couler le produit sur ses doigts et les fesses du soumis qui frissonna à son contact glacé.

— Tu es prêt ?

Cole hocha la tête. Il attendait ce moment depuis longtemps. Il savait que la première fois serait douloureuse (surtout qu'il avait vu le membre de Damien et qu'il se souvenait très bien à quel point il était imposant), mais le plaisir qui s'en dégagerait serait à la hauteur.

Le dominant poussa finalement deux de ses doigts à l'intérieur du soumis, les ouvrant et les fermant systématiquement en cisaille pour s'assurer de bien l'assouplir et le préparer à la suite. Cole serra les lèvres, ne pouvant s'empêcher de réagir d'un délicieux gémissement lorsque Damien trouva sa prostate dont il semblait avoir mémorisé l'emplacement par cœur depuis la dernière fois.

— Tu t'es touché là tout seul, petit coquin ? Tu es plus souple que la dernière fois...

— J'ai... *essayé.*

Mais ça n'avait pas été très concluant. Pendant un court

instant, il avait même envisagé d'acheter un plug anal comme celui que Demon avait utilisé sur lui… mais il avait renoncé à cet achat par gêne. Il s'était imaginé toutes sortes de scénarios à la base de « et si un voisin trouvait le paquet ? » ou de « et si le facteur lisait l'étiquette ? » C'était beaucoup trop embarrassant !

— Et comment est-ce que c'était ?

— Pas aussi bien qu'avec vous.

Demon sourit, puis il ôta ses doigts, et tout ce que put entendre Cole fut le son caractéristique d'une fermeture Éclair que l'on descendait. Il devinait aisément quelle était la prochaine étape et il fut incapable de retenir son corps de frémir et son sexe de durcir contre le plancher. Suivirent le froissement du tissu, puis le bruit d'un préservatif dont on déchirait l'emballage.

— Les membres du club se testent fréquemment pour les maladies transmises sexuellement et doivent régulièrement prouver les résultats négatifs de leurs tests pour utiliser les infrastructures du club réservées aux membres, lui expliqua Damien pendant qu'il faisait glisser le condom sur son sexe. Toi aussi, tu devras te faire tester. Ensuite, on pourra le faire sans préservatif.

Damien était déjà tout aussi raide que son partenaire. La soumission quasi parfaite de Cole provoquait cet effet chez lui. Le Dom appuya une main dans le creux du dos du soumis.

— J'y vais maintenant… j'espère que tu es prêt pour moi, Cole.

Demon attrapa la base de son membre et l'appuya contre l'orifice pulsant, avant d'en pousser chaque centimètre à l'intérieur de son soumis. Ce dernier ouvrit la bouche en un grand O silencieux et crispa chacun des muscles de son corps sous l'intrusion qui écartait ses chairs jusqu'au tréfonds de lui.

Le soumis cria, et Damien commença à le pilonner de plus en plus rapidement, accompagnant parfois ses allers et ses retours de claques sur les fesses, destinées à chauffer son partenaire et à le maintenir en constant état de plaisir et de douleur mêlés.

Le soumis ferma les yeux, grimaçant et gémissant simultanément. Il sentait sa peau frotter contre le plancher et il avait peur d'avoir des brûlures de tapis le lendemain matin. Cependant, son sexe était bien raide et il lui semblait que la compression de ce dernier entre son corps et le sol l'excitait encore plus. Damien n'avait même pas besoin de le toucher. Et ce n'était pas comme s'il allait le faire ! Il préférait que son soumis jouisse seul et qu'il ait ensuite honte d'être venu avec la simple compression du sol contre son membre. Voilà ce que le Dom préconisait !

La seule chose que se permit Demon fut de toucher les tétons de l'homme, afin de les pincer et de les tordre jusqu'à le faire grimacer de douleur. Ses dents mordirent aussi la nuque du soumis, y imprimant des marques qui prendraient bien quelques jours avant de s'effacer. Cole gémissait de plus belle et tentait de se tortiller en vain sous lui, alors qu'il était totalement bloqué.

Arrivant bientôt aux limites de ce qu'il pouvait endurer, Cole sentit une contraction dans le bas de son ventre et des fourmillements remonter le long de son échine.

— La prochaine fois, grogna Demon, je devrais te forcer à aboyer au lieu de gémir.

À ces paroles, ses boules se resserrèrent et il jouit en poussant un cri qui sembla expulser l'air de ses poumons.

Cela entraîna la jouissance de Damien qui se vida dans le fourreau chaud et étroit de son partenaire. Il s'effondra contre le soumis uniquement le temps de pousser un soupir et de reprendre ses esprits.

Cole gémit sous le poids de Demon dont il ne pouvait même pas espérer se défaire, toujours attaché de manière à ne pas pouvoir bouger un seul muscle. Au bout d'un moment, le Dom se releva, retira son préservatif en faisant un nœud pour le jeter et remit correctement son pantalon, passant sa main dessus pour l'épousseter avec nonchalance.

Le dominé baissa la tête. Il n'arrivait toujours pas à comprendre pour quelles raisons être humilié et entravé de la sorte parvenait à l'exciter autant. N'aurait-il pas davantage dû être effrayé ou alors en colère ? Même si ces deux émotions cohabitaient étroitement en lui, le plaisir qui le submergeait à chaque fois prenait le dessus.

— Vous avez dit qu'il y aurait une prochaine fois ? ne put-il s'empêcher de relever, les yeux brillants.

Demon le fusilla du regard.

— Je t'avais dit de te taire, Cole. M'obligerais-tu à sévir contre toi ?

Il secoua la tête, se mordant les lèvres pour s'empêcher de poser toutes les questions qui voulaient se bousculer hors de sa bouche. Demon parut reconnaître ses efforts et, après quelques minutes de silence et un soupir de réflexion, il fouilla dans la poche de son veston et en sortit un objet que Cole connaissait bien.

— Je ne te dis pas que ce sera définitif. Tu es en période d'essai, que ce soit clair, mais si tu le veux, il est à toi.

Dans sa main, Demon tenait un collier de soumission en cuir noir avec un anneau argenté sur le devant.

11

Cole fixa l'objet - le collier - avec joie et angoisse à la fois.

— Je le veux.

Un frisson parcourut le soumis. Il voulait plaire à Demon et c'est ce qui le poussa à ne pas se rebeller lorsque le Dom passa derrière lui pour refermer le *choker* autour de sa gorge. Clic ! Il était embarrassé à l'idée de le porter, beaucoup plus que ce qu'il aurait pensé. Ce serait gênant de l'avoir parfois, surtout au travail… Ses collègues allaient se demander la raison pour laquelle sa garde-robe ne se constituait soudain que de cols roulés. Or, cela faisait sûrement partie du test. Demon voulait savoir jusqu'où il était prêt à aller, à quel point il souhaitait réellement se soumettre.

— Il s'accorde parfaitement à ta peau.

Après quelques secondes à admirer son soumis, Damien se pencha pour le détacher.

— La scène est terminée. Tu peux bouger.

Cole ne se fit alors pas prier pour se masser les poignets et se dégourdir les jambes.

— Tu as de la crème ?

— Dans la pharmacie de la salle de bains, indiqua-t-il.

Damien alla chercher un pot de crème et revint dans le salon où Cole était en train de récupérer ses vêtements.

— Hé. Ne te rhabille pas tout de suite. La crème va aider pour les ecchymoses et les marques de la ceinture. Ça va rafraîchir ta peau.

Cole redéposa aussitôt ses vêtements sur le sofa.

— Allonge-toi, lui ordonna Damien. Sur le ventre.

Le soumis obéit, se couchant sur le canapé pendant que Damien le rejoignait. Le Dom ouvrit le pot de crème et commença à étaler le produit sur la peau rougie des fesses et du dos de Cole. Il n'avait pas été tendre avec la ceinture plus tôt. Le soumis était définitivement capable d'endurer bien plus que tout ce qu'il avait pu imaginer.

— Je ne pensais pas que... vous faisiez ce genre de chose.

Damien haussa un sourcil.

— L'*aftercare* ?

— Ça ne vous ressemble pas.

— Détrompe-toi. Je ne l'ai pas fait quand nous avons passé ces quatre jours ensemble, car les circonstances étaient spéciales... Mais l'*aftercare* est important après les scènes, même pour les Doms les plus sadiques.

Après tout, le but n'était pas de laisser des marques et des cicatrices indélébiles à son soumis si tel n'en était pas l'intention de départ. Il était essentiel de prendre soin du dominé après l'avoir exposé à la douleur.

— Oh... OK.

— Voilà, c'est terminé. Maintenant, tu peux te rhabiller.

Cole se redressa et attrapa sa chemise pour la reboutonner sur son torse.

— Merci, monsieur.

— Merci à toi, Cole. Je crois que c'est tout pour ce soir, mais je vais te laisser mon numéro de téléphone et nous nous reverrons très bientôt.

En s'engouffrant dans la bouche de métro la plus proche, Damien espérait presque que Cole réalise que la vie de soumis n'était pas pour lui et qu'il avait trop honte de porter le collier. Ça lui enlèverait un poids des épaules. Cole était intéressant, mais il n'avait pas de temps à perdre avec quelqu'un qui était toujours dans le placard et qui refuserait d'en sortir. Damien avait déjà passé bien assez de temps à se cacher ainsi. Pourtant, dès que le jeune homme plantait ses yeux bleu océan dans les siens... il était incapable de lui résister.

Faire plaisir à Demon... être un soumis... tout cela était bien plus compliqué qu'il n'y paraissait. Cole avait eu tort de penser que ce pourrait être facile, après les quelques jours de test passés avec le propriétaire du club. Or ce n'avait été que le début...

Il ne parvenait tout simplement pas à se faire à l'idée. Il n'était pas un bon soumis ! Ce foutu collier de chien lui empoisonnerait la vie ! Voilà ce qu'il se disait le lendemain matin en se regardant dans le miroir, le bijou formant une bosse disgracieuse sous son col roulé noir. Il n'arriverait jamais à le cacher à ses collègues ! Damien n'aurait pas pu choisir quelque chose de plus... discret ? Dans des vidéos, il avait vu des soumis porter de discrets colliers en argent.

Plus il se regardait dans le miroir, plus il se disait que jamais Demon ne le saurait s'il enlevait le bijou. Juste pour la journée. Il pourrait toujours le remettre par la suite. Que risquait-il ?

Mentir à son Dom était sûrement une des pires choses à faire dans une relation comme celle-ci. Il s'en doutait. Cela ébranlerait le peu de confiance que Demon lui portait. Et Cole se trouvait con d'avoir des idées comme celles-là. Un véritable soumis mettrait probablement de côté toutes ses peurs et tout son inconfort pour plaire à son Dom ! Mais lui ne pouvait s'empêcher de penser à lui-même et se soucier de ce que les autres en diraient ! Il se savait égoïste, mais comment faire autrement ?

Il toucha le collier du bout des doigts et chercha la fermeture métallique à boutons de compression. Il fit sauter lesdits boutons et ôta le bijou. Il prit une grande respiration, comme si l'air pénétrait à nouveau normalement ses poumons. En vérité, le *choker* ne l'avait jamais étranglé, mais c'était l'impression que ça lui donnait.

Cole posa le collier sur son bureau et se promit que ce ne serait que pour aujourd'hui. Il devait simplement veiller à ce que Demon ne le remarque pas ! Confiant, il ajusta son veston, récupéra ses clés et sortit de chez lui.

À son cabinet d'avocat, la journée démarra bien. Il agissait normalement et personne ne semblait se douter d'un quelconque changement chez lui. Ça lui allait très bien comme ça. Il avait parfois l'impression d'avoir « soumis » et « gay » scotchés sur le front, alors de voir que personne ne semblait remarquer quoi que ce soit... le rassurait.

Cole enchaîna les appels téléphoniques et les rendez-vous avec les clients avant de faire un point sur les dossiers récents avec les autres avocats du cabinet. Ils recevaient beaucoup de demandes pour des contestations d'amendes... comme d'habitude. Et Cole devait se pencher sur un épineux cas de meurtre au second degré dans un vol de supérette qui avait dégénéré. Son client invoquait la légitime défense, mais ça n'allait pas être facile à prouver.

Toute la matinée se déroula d'une manière tout à fait habituelle sans que rien ne vienne troubler Cole. Tout allait *trop* bien. Il aurait dû s'en douter. Il aurait dû savoir que les choses ne seraient pas aussi simples et qu'elles finiraient par se gâter. C'était les prémices de la loi de Murphy.

Ce fut après le repas de midi que les événements se précipitèrent. Il était en train de ranger des dossiers dans ses classeurs quand un de ses assistants frappa à sa porte entrouverte.

— Monsieur, dit-il simplement, un nouveau client aimerait vous rencontrer.

Cole se tourna, lissa son veston et ajusta sa cravate.

— C'est pour quoi ? Je n'avais prévu aucun autre rendez-vous aujourd'hui pourtant.

— Il a dit qu'il préférait discuter avec vous en privé parce que c'est plutôt... *délicat*...

L'avocat eut un large sourire. Quand les choses étaient « délicates », il s'agissait souvent d'adultère et de divorce. Il adorait ce genre de causes parce que c'était du travail facile qui ramenait beaucoup de fric, surtout lorsque les clients étaient fortunés !

— Faites-le venir.

— Très bien, acquiesça son assistant en refermant la porte derrière lui.

D'un pas assuré, Cole rangea son classeur et prit place derrière son large bureau, adoptant une attitude plus que professionnelle. Du regard, il surveilla la porte. La poignée finit par tourner et Cole prit une grande inspiration, saisissant un stylo entre ses doigts.

Cependant, il désenchanta rapidement. Ses grands yeux bleus s'écarquillèrent de surprise lorsqu'ils rencontrèrent les prunelles miel de Damien. Le Dom avait une expression froide sur le visage, sévère. Il n'avait pas l'air content.

— Bonjour, Cole..., le salua-t-il de sa voix glaciale et sans appel.

Instinctivement, Cole porta une main tremblante à son cou nu, se souvenant avec effroi qu'il avait décidé de retirer le collier ce matin...

12

— Déshabille-toi, Cole.

L'avocat secoua la tête.

— Quoi ?

Sa voix s'étrangla.

— Je suis déçu, se contenta de lui répondre le Dom. Tu n'es pas fait pour être un soumis et certainement pas le mien. Je n'aurais jamais dû te laisser une chance.

Cole fut bouche bée sur le coup, mais, baissant les yeux au sol, il trouva tout de même le courage de répliquer :

— Je suis désolé… Je ne voulais vraiment pas… c'est juste que le collier n'était pas discret… je ne pouvais pas le porter devant les collègues.

Demon pinça les lèvres et secoua la tête.

— Et pourquoi ?

— Parce que ça aurait été humiliant ! Je ne veux pas qu'ils sachent ! s'exclama Cole comme s'il s'agissait d'une évidence.

Demon secoua la tête.

— Tu n'as rien compris, n'est-ce pas ? La soumission n'a rien à voir avec toi et ce que tu pourrais ressentir. Ton seul devoir est de me servir et, pour ce faire, tu dois t'oublier. C'est la seule façon qui te permettra de devenir un bon soumis et d'y trouver ta satisfaction. C'est à propos du don de soi. Et s'il y a quelque chose que tu ne veux vraiment pas faire, tu as toujours ton mot de sécurité. Je préfère que tu l'utilises plutôt que d'agir dans mon dos. La communication et l'honnêteté sont les choses les plus importantes dans une relation comme celle-ci. Je croyais que tu l'avais assimilé. Si tu n'arrives pas à être honnête maintenant… comment pourras-tu l'être plus tard, quand ce sera vraiment important ? Je vais partir, dit finalement le Dom après une pause de quelques secondes. Ça arrive à tout le monde de se tromper, après tout.

Cole baissa les yeux, déçu de lui-même et de son comportement. Le Dom tourna les talons. Et c'est lorsque l'avocat prit conscience que l'homme allait vraiment partir qu'il se mit à paniquer. Il ne pouvait pas le laisser aller ! Pas après tout ça.

— Non, attendez !

Alors qu'il avait la main sur la poignée, Damien s'arrêta et jeta un regard à Cole qui était en train de détacher avec vigueur le nœud de sa cravate avant de la jeter parterre et de s'attaquer aux boutons de son veston.

Cole était rouge de la tête aux pieds. Il ne savait plus ce qu'il faisait, et la peur d'être surpris en pareille situation dans son bureau le rendait malade. De plus, Damien avait décidé de le laisser poireauter un peu et se contenta de l'observer se déshabiller sans rien dire durant plusieurs minutes, laissant le doute s'instaurer.

Une fois qu'il ne lui resta plus que son pantalon, Damien verrouilla subtilement la porte du bureau d'une main et parcourut les quelques pas qui le séparaient du bureau en bois derrière lequel Cole se cachait.

— Qu'est-ce que tu veux, Cole ? Je ne suis plus certain de comprendre…

Il était fatigué de toujours devoir pousser le jeune homme au pied du mur pour obtenir une réaction, une obéissance…

— Punissez-moi, murmura l'avocat, presque inaudible, comme s'il avait honte de le demander.

Cole savait qu'il le méritait. Demon hésita. L'envie de donner une leçon à l'avocat qu'il n'oublierait pas de sitôt était présente, mais il se demandait surtout si ce dernier était sérieux. Parce que jusqu'à présent le jeune homme ne lui avait pas vraiment donné de raisons de croire en lui et en ses intentions...

Néanmoins, le Dom finit par s'asseoir dans le fauteuil derrière le bureau et il attira Cole à plat ventre sur ses genoux, le faisant basculer sans prévenir. Sa proie se retrouva avec le haut du corps à moitié dans le vide, tout comme ses jambes qui ne touchaient pas terre, tandis que son sexe était prisonnier entre ses cuisses, son postérieur bien en l'air et prêt à recevoir une bonne correction. L'homme lui remonta et lui coinça brusquement les bras dans le dos dans une clé parfaitement maîtrisée. Il ne pouvait plus bouger.

Cole grimaça, mais ne protesta pas. Il savait qu'il avait mérité quoi que ce soit que Demon jugerait bon de lui infliger... Et, sans le savoir, il venait de penser comme un vrai soumis !

Le Dom glissa sa main dans le pantalon du jeune homme, suivant la courbe de ses reins et le descendit sur ses cuisses, rapidement suivi de son sous-vêtement. Ses doigts tâtèrent les fesses nues et fermes du soumis, les molestèrent durant quelques secondes, puis sa main se leva avant de s'abattre fermement sur la chair. Cole sursauta en glapissant. Demon aurait au moins pu le prévenir ! Il serra les dents, mais ne dit rien.

— Tu es à moi, Cole, et tu dois te rappeler que j'ai l'entier pouvoir sur toi, ton corps m'appartient. Dis-le !

Une pluie de claques tomba alors sur son postérieur comme dans une tempête. Le jeune homme fut incapable de retenir ses gémissements, tandis que ses yeux d'un bleu limpide se remplissaient d'eau.

— Je suis à vous ! Je suis à vous ! croassa-t-il, la voix entrecoupée de halètements et de sanglots.

Il avait l'impression que sa peau était à vif et que Damien s'entêtait à le frapper là où il n'y avait plus que les nerfs et les os.

Au bout de ce qui lui parut être une éternité, le Dom fit enfin cesser son calvaire. Demon prit alors un moment pour observer son œuvre : la peau de Cole était d'un joli rouge qui prendrait sûrement quelques heures avant de disparaître.

— Tu ne pourras sans doute plus t'asseoir durant un moment, voilà quelque chose que tu devras justifier à tes collègues quand ils viendront te voir et remarqueront que tu travailles debout ! s'amusa le plus âgé.

Cole ravala la réplique acerbe qu'il avait sur le bout de la langue.

— Si on avait été chez moi, je t'aurais mis de la crème ou de la glace, mais je n'ai rien de tout ça ici.

— Il y en a sûrement dans le congélateur près de la machine à café..., murmura le soumis.

— Oh ! dans ce cas, tu pourras te débrouiller. J'irais bien moi-même, mais j'imagine que tes collègues risquent de poser des questions. Qu'en penses-tu ?

Cole hocha la tête. C'était même certain qu'ils allaient se questionner s'il voyait un client remplir un verre de glace avant de revenir dans son bureau. Il était soulagé que Damien y ait pensé. Il ne devait pas attirer l'attention sur lui ici.

— Oui, c'est mieux comme ça.

Damien l'aida à se redresser sur ses deux jambes et, aussitôt, Cole tenta de remonter son pantalon et son boxer, mais la douleur vive que cela lui causa lui remit les idées en place. Le frottement du tissu était suffisant pour lui arracher un rictus.

— Est-ce que notre arrangement tient toujours ? osa-t-il demander en regardant discrètement le Dom.

Demon parut pensif.

— Pour le moment, répondit-il, mais si tu agis une autre fois d'une manière aussi stupide et irréfléchie, je vais y mettre fin pour de bon et rien ne servira de venir s'excuser à genoux. Ce soir, viens chez moi, je vais te laisser mon adresse.

Il attrapa un stylo et nota sa rue et son numéro dans une calligraphie soignée.

— Pourquoi ?

Le Dom lui lança un sourire amusé.

— Combien de fois vais-je devoir te dire de ne pas poser de questions ?

Malgré tout, Demon finit par donner une réponse :

— Si tu crois qu'une simple fessée suffisait à te faire pardonner, tu as tort. Tu auras ta véritable punition ce soir.

Une vague d'interrogations traversa alors la tête de Cole, et il trembla presque de se forcer à ne rien dire. Le Dom s'en amusait beaucoup. Il savait que le soumis allait passer tout le reste de l'après-midi à imaginer les pires scénarios qui soient et, parfois, l'imagination était la meilleure des armes. Une punition bien pire que ce que Damien aurait pu lui-même inventer !

Sans plus de bla-bla, le tenancier du club rajusta sa cravate et tourna les talons, quittant le bureau en refermant la porte derrière lui.

Seul, Cole poussa un long soupir tout en se laissant tomber sur son fauteuil. Aussitôt, il se releva en poussant un cri : il avait oublié son postérieur douloureux !

13

Demon avait tout préparé pour l'arrivé de Cole. Ce dernier s'apprêtait - sans le savoir encore - à vivre la pire et la meilleure soirée de sa vie. De quoi lui enlever le goût de retirer son collier une nouvelle fois sans demander la permission.

Il n'était pas réellement en colère, il savait se maîtriser et il avait de l'expérience en la matière. Or, pour apprendre à bien se comporter, Cole devait le croire. Rien ne donnait plus envie à un dominé de se soumettre que la vue imposante de son Dom sévère et froid.

Après tout, il était un grand homme bien bâti à la mâchoire virile et aux yeux ambrés qui vous transperçaient comme des lames de rasoir au moindre faux pas.

Environ une heure plus tard, Damien entendit la sonnette de sa maison être enfoncée, puis résonner dans toutes les pièces. Ajustant son veston en cuir noir sans manches sur son torse nu, il alla répondre à la porte.

Cole se tenait dans l'entrebâillement, l'air plus que nerveux. Il n'osa même pas le regarder dans les yeux - ce qui était aussi bien - et se contenta de rester silencieux en fixant le sol.

Damien remarqua qu'il avait remis le collier. Voilà qui était une bonne chose. Cole n'était peut-être pas un cas aussi désespéré qu'il le croyait.

— Je pensais que tu te défilerais, commenta Damien avec un soupçon de moquerie dans la voix, le scannant des pieds à la tête.

Rien qu'avec ce regard, Cole se sentit mis à nu et il frissonna.

— Entre, ajouta le Dom.

Le chez-soi de Damien lui parut froid et impersonnel. Pendant un instant, il se demanda même si le Dom vivait vraiment là. Or, les chaussures dans l'entrée et les divers effets personnels lui laissèrent croire que c'était bien le cas. Il suivit l'homme jusqu'à la cuisine où celui-ci lui désigna une chaise sur laquelle prendre place. Cole s'assit et vit qu'il y avait une liasse de feuilles posée sur la table juste en face de lui.

— Avant de poursuivre, nous devons discuter du contrat.

— Le contrat ?

— Oui, comme celui que tu as signé la première fois. J'en ai fait imprimer un nouveau pour encadrer notre nouvelle relation et j'aimerais que tu le lises. Si tu as des questions, n'hésite pas à les poser. Les conditions sont sensiblement les mêmes que celles du premier contrat à l'exception qu'il n'y a aucune limite de temps cette fois.

Cole se pencha sur le texte qui, comme lui avait d'abord signalé Damien, ressemblait beaucoup au précédent contrat. Avec ce bout de papier qui n'avait pourtant aucune valeur légale, tout devenait beaucoup plus réel.

— La check-list ?

— Elle est juste ici. C'est une liste quasi exhaustive des pratiques BDSM existantes à ce jour. J'ai déjà retiré ce que je refuse de faire. Quant au reste, je te laisserai cocher ce que tu as envie de tester, ce que tu refuses catégoriquement de tenter, ce qui t'excite et ce qui ne t'excite pas du tout. Ainsi, nous serons tout de suite fixés et il sera plus simple d'adapter nos pratiques en fonction de nos goûts et limites.

Cole parcourut rapidement ladite liste des yeux en se faisant la réflexion qu'elle était bien longue. Il n'était même pas certain de tout connaître. Il y avait tant de choses qu'il pouvait découvrir et tester avec le Dom… cela lui donna presque le tournis.

— OK.

— Commence par le contrat. Tu rempliras ensuite la check-list… et après, nous nous préoccuperons de la raison pour laquelle je t'ai fait venir ici ce soir.

Voilà qui était plein de promesses. Cole était presque tenté de lire le contrat en diagonale pour aller plus vite, mais il se ravisa. Comme Damien le lui avait dit : l'honnêteté et la confiance étaient primordiales. Ce n'était pas le moment de faire les choses de travers. Puis, il était avocat de profession. Il était bien placé pour savoir que les petites clauses du contrat étaient les plus importantes.

Alors, il lut avec la plus grande attention, n'hésitant pas à poser des questions quand il en ressentait le besoin. Puis, quand il se sentit prêt, il demanda à ce que Damien lui apporte un crayon.

— Tu es sûr ?

— Oui, les clauses me conviennent.

Le Dom lui offrit un stylo et ils signèrent tous les deux le contrat.

— Pendant que tu remplis la check-list, je vais faire photocopier et imprimer le contrat, afin que tu aies une copie de l'original à emporter chez toi.

Cole hocha la tête en commençant à parcourir du regard la liste des pratiques autorisées. Il cachait mal sa joie d'avoir signé le contrat de soumission.

Désormais, il appartenait corps et âme à son Dom.

CONTRAT BDSM DE SOUMISSION

Déclaration préliminaire :

Les parties s'accordent pour que ce contrat BDSM ait une valeur morale reliant les deux contractants d'un accord mutuel. Il n'a pas valeur légale au sens strict de la loi.

1 – Clauses communes :

1.1 Cet accord prend effet à compter de la date de la signature par les deux parties.

1.2 Il lie le soumis à son Dominant pour une durée indéterminée sous réserve des conditions d'annulation énoncées à la section Dissolution du présent protocole.

1.3 Le contrat BDSM ne peut être modifié qu'en accord des deux parties.

2 – Droits et Obligations du Dominant :

2.1 Il s'engage à tenir compte des exigences familiales, professionnelles et financières de son soumis.

2.2 Il dispose de tous pouvoirs sur le soumis tant sur son physique, son sexe et son intellect. Il peut se jouer de toutes pratiques sexuelles ou non, chasteté obligée, punitions et humiliations en accord avec la liste de pratiques définies.

2.3 Il respecte les limites physiques de son soumis.

2.4 Il doit se tenir informé de l'état physique et psychologique de son soumis et en tenir compte lors des jeux BDSM.

2.5 Il peut filmer ou photographier son soumis en accord avec la check-list.

2.6 Il peut rompre le pacte sans préavis.

3 – Droits et Obligations du soumis dans le contrat BDSM :

3.1 Le soumis comprend et accepte la Domination de son Dom et devient sa propriété exclusive.

3.2 Le soumis sait que le corps du Dom est sacré et qu'il ne peut le toucher sans son autorisation. Toute infraction serait punie et le soumis pourrait même être répudié, répudiation assortie d'une rupture du protocole de soumission.

3.3 Le soumis comprend et accepte les désirs et plaisirs du Dom. Lui seul a le droit au plaisir, au confort, au bien-être, au repos, à l'amusement, à la distraction, au luxe, aux vacances et à la paresse. Le soumis se mettra à son service pour qu'il puisse jouir des plaisirs de la vie.

3.4 Le soumis accepte que son dévouement ne réponde pas à ses attentes sexuelles ou fantasmes, mais à ceux seuls de son Dom.

3.5 Le soumis s'exprimera avec respect sous peine de punition. Le Dom peut éventuellement lui demander d'émettre un avis, qui doit être le plus sincère possible.

3.6 En qualité de soumis, le soumis renonce à sa liberté et à ses droits en remettant son corps et son âme entre les mains de son protecteur.

4 – Par ce contrat BDSM :

4.1 Le soumis s'engage à accepter toutes les pratiques sexuelles ou non et humiliations, que ce soit en public ou en privé.

4.2 Le soumis s'engage à porter tout accessoire sexuel ou tenue imposée en tout lieu et à tout moment.

4.3 Le soumis laisse l'accès et le contrôle total de sa sexualité et de son intimité à son Dom.

4.4 Le soumis n'a aucun secret pour son Dom et a une obligation de vérité dans ses réponses.

4.5 Le soumis a droit à un *safeword* de son choix.

4.6 Tout manquement implique une punition ou la résiliation du présent traité.

5 – Safe Code :

5.1 Un *safeword* est prévu pour être utilisé lors des séances. Si le soumis ne peut parler, un *safeword* alternatif est choisi.

5.2 S'il est employé, le Dom interrompt la séance et écoute le soumis.

5.3 Si le soumis l'utilise, il doit être en mesure d'expliquer pourquoi.

5.4 Il ne sera utilisé que dans les cas extrêmes. Utilisé sans motif valable, il oblige à une punition exemplaire.

6 – Dissolution :

6.1 Le Dom peut dissoudre le contrat de soumission en libérant le soumis sans aucune justification.

6.2 Le soumis peut en demander l'annulation en cas de non-respect de la présente convention ou s'il n'y a plus d'entente entre les participants.

6.3 Ce contrat peut aussi être rompu s'il devient impossible de continuer les séances et de pratiquer la relation BDSM.

J'ai pris connaissance du présent contrat BDSM et je m'engage en toute liberté à le respecter dans son intégralité.

Document établi en double exemplaire.

Signature du Dom : Lu et approuvé. Bon pour engagement.
Damien Archer

Signature du soumis : Lu et approuvé. Bon pour engagement.
Cole Walker

Damien revint peu de temps après et lui tendit une photocopie du contrat. Cole était presque venu à bout de la check-list. Il se félicitait d'avoir consommé des vidéos BDSM dans la dernière semaine, car cela lui avait permis de mettre une image sur beaucoup des mots qui composaient cette liste. Pour le reste, il lui suffisait de pianoter sur son téléphone pour trouver la réponse.

— Je crois que j'ai terminé.

Il s'était rendu compte qu'il avait envie de tester une majorité des éléments qui composaient la liste, même s'il en appréhendait certains.

— Montre.

Le Dom récupéra la liste et se mit à la parcourir du regard, prenant des notes mentales. Il était étonné que Cole soit curieux d'autant de choses… mais ça n'allait que rendre leurs séances plus plaisantes.

— Très bien. Je te ferai également une copie de cela. Tu n'avais aucune question ?

— J'ai regardé sur mon téléphone si je ne savais pas de quoi il s'agissait, donc non.

— Parfait. Il se peut que, parfois, je fasse des choses dont tu n'as pas envie, mais tu as toujours ton mot de sécurité pour m'arrêter si tu le souhaites.

Cole hocha la tête. Le Dom lui avait déjà fait certaines choses qu'il ne pensait pas aimer au départ, puis sur lesquelles son opinion avait changé. Il avait été surpris de constater à quel point l'alliance de la douleur et du plaisir pouvait être plaisante.

— J'ai hâte de faire toutes ces choses… autant que je les crains.

Damien lui offrit un sourire sadique.

— Moi aussi, je suis impatient. D'ailleurs, si tout est clair et que tu es prêt… Enlève tes vêtements.

Cole déglutit, puis en sortant de table, il commença à se dévêtir. Demon avait monté le chauffage, alors même nu, il n'aurait pas froid.

— Suis-moi, poursuivit son hôte en l'invitant dans le salon.

Le soumis fit un pas en avant et Demon secoua la tête.

— Tu es ici pour subir ta punition pour ton manque

d'honnêteté, il n'est pas question que tu avances fièrement, Cole, suis-moi plutôt *à quatre pattes*, corrigea-t-il.

L'ordre fit grincer le jeune homme des dents, mais il se laissa tout de même tomber sur ses genoux, mains devant. C'était humiliant, mais au moins, ici, il n'y avait personne d'autre qu'eux.

Ils arrivèrent dans le salon, puis Demon ouvrit la porte sous la cage d'escalier menant au deuxième étage, dévoilant des marches qui s'enfonçaient dans le sol jusqu'à la cave.

— Viens.

Cole déglutit. Descendre des escaliers à quatre pattes était plus effrayant qu'on pourrait le penser. Tête la première, il suivit néanmoins Demon, posant prudemment la paume de sa main sur la marche suivante et s'assurant d'être stable pour y amener son genou. Il avait peur de débouler jusqu'en bas s'il ne faisait pas suffisamment attention !

Heureusement, ils arrivèrent rapidement en bas. Cole eut la surprise, en relevant un peu le menton, de constater que le Dom avait installé un véritable donjon BDSM dans son sous-sol. Le sol était en bois sombre, chauffé, et les murs d'un rouge bourgogne, matelassé par endroits et recouvert de crochets où étaient suspendus toutes sortes d'outils dont Cole ne connaissait pas les noms. Une croix de Saint-André était debout au fond de la pièce, il y avait aussi un banc pour la fessée et une table avec des sangles, mais Damien le conduisit un peu plus loin, lui désignant un alliage de liens de cuirs maintenus ensemble et suspendus au plafond.

— C'est une balançoire, expliqua-t-il. Installe-toi là, je vais la sangler et l'ajuster à ta taille.

Perplexe, Cole prit place entre deux courroies et étendit ses jambes écartées devant lui, posées sur d'autres sangles. Damien s'approcha et commença à le sangler. Il attacha ses jambes en place, puis bougea les sangles de manière à pouvoir lier ses chevilles à ses cuisses. La position était un peu inconfortable, mais pas trop. La balançoire offrait un support bienvenu.

Le Dom lia ensuite ses poignets derrière son dos et il se retrouva complètement immobilisé, à la merci de tout ce que Demon voudrait lui faire subir. Le plus âgé se recula de quelques pas pour admirer son œuvre. Si Cole parlait trop, il lui mettrait un bâillon-boule et ça compléterait l'ensemble à merveille. Il se tourna ensuite face au mur en se pinçant les lèvres. Il devait choisir intelligemment l'outil avec lequel il commencerait la séance.

Il finit par décrocher un martinet du mur. Cole le suivit des yeux, l'air un peu nerveux. Demon fit glisser les lanières de cuir sur la peau galbée du soumis, le faisant frissonner d'appréhension. Puis, il leva le bras et abattit avec force le fouet dans le dos du jeune homme qui cria de surprise sous la puissance du coup. Cole avait sursauté, tirant sur ses liens, mais il n'y avait rien à y faire, il ne pouvait pas bouger.

Demon se recula pour prendre de l'élan, puis frappa une nouvelle fois son soumis, sur le torse cette fois. Le claquement de cuir contre la chair résonna dans toute la pièce. Cole en eut la respiration brièvement coupée. Il souffla bruyamment, ne pouvant s'empêcher de baisser la tête pour voir les rayures rouges qui brûlaient son ventre.

Le Dom fit claquer le martinet à l'intérieur des cuisses de l'avocat, le faisant siffler de douleur, puis lui remit des coups sur les fesses et le bas du dos. Cole n'était plus qu'une loque tremblante et larmoyante. Sa peau était en feu, ses yeux lui chauffaient et tout son corps avait rougi. Pourtant, même s'il avait mal, il ne songea pas à demander à ce que Demon s'arrête.

L'homme rangea le martinet et revint vers lui, le détaillant du regard et observant sa nudité sans la moindre pudeur, faisant rougir Cole qui ne pouvait pas même refermer les jambes pour échapper à ce regard ambré qui paraissait voir jusqu'au fond de son âme.

— Oh ! Cole, dit-il, je ne sais pas ce que je devrais te faire… Peut-être que je pourrais faire en sorte que tu me suces et que tu me prennes jusqu'au fond de ta gorge… ou peut-être que je devrais juste te baiser assez fort pour que tu me sentes encore durant toute la semaine…

Cole frissonna des pieds à la tête, et son sexe, jusque-là endormi, tressaillit contre son ventre rien qu'aux délicieuses promesses que lui susurrait la voix rauque et sexy de son Dom.

— Je crois que je vais te baiser, déclara-t-il après quelques secondes de réflexion. Cependant, comme c'est une punition, tu n'auras pas le droit de jouir !

Cole se décomposa d'un seul coup. Il n'était plus aussi certain de vouloir être baisé maintenant. S'il ne pouvait pas jouir, ce serait une véritable torture ! Et Demon le savait parfaitement.

L'homme à la chevelure sable récupéra un anneau pénien destiné à empêcher la jouissance et le fit descendre le long du membre de Cole qui grimaça en sentant l'objet se resserrer autour de son sexe. Pour le moment, ce n'était pas particulièrement douloureux, juste… inconfortable.

Le Dom passa derrière son soumis qui le perdit de vue. Il fit basculer la balançoire vers l'avant en rajustant les sangles de manière à ce que les fesses de Cole pointent dans sa direction.

— Tu es tout à moi, Cole, et tu ne peux rien faire pour t'y soustraire, complètement ouvert pour moi…, susurra-t-il en glissant un doigt dans la fente du postérieur du jeune homme.

Il enduisit ensuite ses mains de lubrifiant et écarta les deux lobes de chair. Il fit pénétrer son index, puis son majeur. Cole gémit, et ce son était le plus délicieux que Demon n'avait jamais entendu. Or, il voulait l'entendre crier et hurler son nom. Le soumis avait envie de balancer les hanches pour approfondir le contact qui le faisait frétiller, mais il était complètement immobilisé… il ne pouvait pas faire le moindre mouvement !

Demon ôta ses doigts rapidement parce qu'il était tout aussi impatient que Cole à l'idée de passer à l'étape supérieure. En deux trois mouvements, il fit glisser un préservatif sur son sexe. Son partenaire gémit presque de se sentir aussi vide, mais il le consola en pressant le bout de son gland contre son orifice et en s'enfonçant dans le canal étroit d'un long coup de reins jusqu'à la garde.

Le soumis cria, et le Dom sut qu'il était en voie d'obtenir *exactement* ce qu'il voulait. Il enfonça ses doigts dans les hanches de Cole, s'y agrippant pour se donner plus d'élan.

Il le baisa durement, sortant presque complètement et entrant coup sur coup. Son compagnon n'était plus qu'une loque criante et gémissante sous ses doigts.

— Vas-y, Cole, crie mon nom, l'encouragea-t-il en mordant la peau fine de sa nuque, puis de sa gorge, juste au-dessus du collier, pour y laisser des traces violacées qui ne partiraient pas avant un jour ou deux.

Cole était certain d'être sur le point de s'évanouir. Le sexe était diablement bon, et Damien savait comment s'y prendre. Il sentait des déferlements de plaisir dans tout son corps. Or, quand ses boules se contractaient et qu'il était sur le point d'atteindre l'orgasme, l'anneau pénien le ramenait brusquement à la réalité. Ça faisait tellement mal ! Il en pleurait de désespoir et de douleur ! Et, comme si ce n'était pas suffisant, le Dom prenait soin de caresser l'intérieur de ses cuisses ou de toucher son sexe de temps à autre, comme pour amplifier sa torture.

— Laissez-moi jouir, gémit-il en tremblant. Demon ! Demon !

Mais ce n'était pas ses plaintes qui allaient y changer quoi que ce soit. Demon était têtu. Encore plus maintenant qu'il avait obtenu ce qu'il était venu chercher : Cole hurlant son nom aux portes du désespoir.

— Peut-être demain..., répondit-il sans le moindre remords, arrogant.

Cole était furieux, mais il n'avait même pas assez d'énergie pour traiter le Dom de « connard » ou d'un autre mot tout aussi fleuri. L'homme lui prenait toute son énergie vitale d'un seul coup de bassin !

Par ailleurs, leurs peaux n'arrêtaient pas de claquer l'une

contre l'autre. Demon poussait des grognements animaux en s'enfonçant toujours plus profondément en Cole.

— On dirait que tu m'aspires à l'intérieur, murmura-t-il à l'oreille de son soumis, envoyant des milliers de frissons descendre toute sa colonne vertébrale directement jusqu'à son sexe qui palpitait, prisonnier de son carcan de métal et de cuir.

Des larmes dévalaient ses joues. Cole n'avait jamais été autant partagé ; d'un côté, il voulait que cette séance de sexe ne s'arrête jamais et, de l'autre, il priait pour que ce soit bientôt terminé. Peut-être qu'alors Demon l'autoriserait à aller se branler dans la salle de bains pour se terminer tout de seul ? Bien sûr, c'était mal connaître le Dom, *très* mal le connaître, même...

Après plusieurs allers-retours supplémentaires, Demon émit un son plus grave que les précédents et il jouit puissamment. Cole pouvait à peine bander, alors qu'il n'en avait jamais eu autant envie. Il avait l'impression qu'à la seconde où le Dom lui ôterait ce fichu anneau, un simple effleurement suffirait à le faire jouir.

— Bravo, le félicita Damien en lui tapotant la tête. Tu as eu de la chance, je ne t'ai pas demandé d'aboyer. Pas *encore*...

Nul doute que si ce n'était pas ce soir, ce serait un autre jour. Demon était du genre à tenir ses promesses...

Rien que pour l'agacer, le Dom donna une gentille petite tape sur le membre de Cole, lui arrachant un gémissement. Demon se contenta de sourire en réaction.

— C'est tout ce que tu mérites. Ce soir, je vais prendre mon pied avec toi, mais il n'est pas question que tu en retires le moindre plaisir ! le prévint-il, d'un sérieux à en faire frémir les plus endurcis. Mais pour le moment, nous allons faire une petite pause et ensuite tu me suceras et me prendras au fond de ta gorge. Je n'enlèverai pas l'anneau avant, *au moins*, demain matin.

Rien que ça donna envie au pauvre soumis de gémir !

Avant de poursuivre, Damien prit tout de même le temps

de l'*aftercare*. Il étala une pommade sur les marques rouges du corps de son soumis. Ce dernier gémissait et frétillait dès qu'il le touchait.

Puis, le Dom détacha Cole qui tomba à genoux au sol. Il allait se relever quand Demon secoua la tête.

— Tu vas rester toute la soirée à genoux et à quatre pattes, *nu*, que ce soit bien clair.

Sa main se balada et, sans que Cole s'y attende, elle s'abattit aussi brusquement que fermement sur son cul, laissant une empreinte rougeâtre par-dessus les zébrures du martinet de tout à l'heure. Le soumis sursauta en laissant échapper un couinement.

— Eh oui, il pourra m'arriver de frapper ton cul, comme ça, parce que j'en aurai envie, alors tiens-toi prêt.

Ils retournèrent à l'étage, et Demon prétexta un peu de travail à faire, rien que pour avoir le plaisir de travailler en jetant des regards constants et soutenus à son soumis dévêtu agenouillé un peu plus loin au milieu du salon, immobile.

Au bout de plusieurs minutes, le téléphone sonna. Il décrocha sous le regard de Cole qui le suivit des yeux, alors qu'il se levait pour marcher tout en parlant, l'oreille pressée contre le combiné.

Le soumis fronça les sourcils. Il n'avait aucune idée de qui avait appelé, mais le visage de Demon venait de blanchir et de se décomposer d'un seul coup.

— Merci de m'avoir appelé, j'apprécie vraiment, merci beaucoup… bonne soirée…

Quand le Dom raccrocha, il n'avait pas l'air bien. Cole savait qu'il était un soumis et qu'il devait normalement se taire et rester à sa place, que ce n'était pas à lui de poser les questions et que Demon lui en parlerait s'il en avait envie, mais l'homme avait l'air si blême qu'il outrepassa les règles pour cette fois :

— Qui était-ce au téléphone, à l'instant ?

Le propriétaire du bar se pinça les lèvres. Il parut réfléchir quelques secondes, puis regarda Cole dans les yeux.

— C'était la police. Ils l'ont retrouvé, murmura-t-il en tentant de ne pas laisser paraître que ses lèvres tremblaient de joie, de trouble, de frustration d'impuissance et de nervosité à la fois, comme s'il pouvait vraiment contenir toutes ses émotions en lui simultanément. Je veux dire, un des mecs qui ont fait du mal à Warren il y a trois ans, il a agressé un autre homosexuel, mais quelqu'un l'a vu et a appelé la police. Ils sont quasiment sûrs que c'est le même gars.

Cole écarquilla les yeux, puis baissa la tête, légèrement honteux. Il n'y a pas si longtemps, il n'était sûrement pas mieux que ça, lui non plus...

— Et l'autre gars, la victime, il va bien... ? s'enquit-il.

— Oui, les témoins sont arrivés à temps et la police aussi, il est à l'hôpital et va se remettre de ses blessures. Il y aura un procès et tout... on m'a demandé si j'irais témoigner. J'ai dit oui. J'espère juste être assez fort pour tenir le coup...

14

Après la nouvelle qu'il avait reçue au téléphone, Damien était resté troublé toute la soirée, comme constamment plongé dans ses pensées.

— Je crois que tu devrais rentrer chez toi, Cole, je ne suis plus vraiment en état de poursuivre notre séance... J'en suis désolé.

Ce coup de fil l'avait bien secoué. Plus qu'il ne l'aurait pensé malgré tout le temps qui s'était écoulé et l'eau qui avait coulé sous les ponts... Les souvenirs étaient tout aussi frais qu'au premier jour.

— Je n'ai pas envie de rentrer.

Les yeux du Dom se durcirent un peu, mais à peine.

— Si je t'ordonne de rentrer, tu rentres, point final !

Mais sa tentative pour hausser sévèrement le ton n'était pas aussi convaincante qu'à l'habitude. Si bien que Cole demeura sur place.

— Je sais que vous avez peut-être envie d'être seul un moment, mais je ne peux pas me résoudre à vous laisser ici comme ça, même si vous me l'ordonnez... Vous pourrez me punir comme vous le voudrez pour ma désobéissance après, au moins, je saurai que vous allez mieux. Je vais me faire tout petit, vous ne remarquerez même pas que je suis là.

Lui aussi pouvait être têtu parfois.

Damien pinça les lèvres, mais hocha la tête. Il avait sans doute les idées embrouillées pour laisser son soumis le mener par le bout du nez de cette façon-là, mais il se rassurait en se disant qu'il pourrait punir Cole comme il se le devait une autre fois. Du coup, ce n'était pas comme s'il pliait vraiment aux caprices du jeune homme parce que ce dernier allait payer sa désobéissance au quintuple !

— Je pense que je vais juste aller me coucher, dit Damien en se dirigeant vers la salle de bains pour prendre une douche avant de plonger dans son lit.

Il n'était vraiment plus apte à poursuivre sa paperasse. Cole entendit la porte de la salle de bains claquer puis, quelques secondes plus tard, le jet d'eau de la douche.

Il resta seul un moment. Ce serait mentir que de dire que la situation ne le tourmentait pas un peu…

Damien parut éterniser son passage dans la salle de bains et, à un moment, Cole crut qu'il s'était peut-être noyé dans la douche. Finalement, il sortit avec une serviette nouée autour de sa taille et de fines gouttelettes d'eau qui glissaient encore sur sa peau nue.

— Tu es toujours là ? s'étonna-t-il en voyant Cole qui n'avait pratiquement pas bougé de sa place, agenouillé sur un coussin près du bureau de travail de son hôte.

— Je ne vais nulle part.

Damien hocha la tête, comme s'il peinait un peu à y croire. Sans trop se préoccuper du jeune homme, il alla dans sa chambre pour récupérer un sous-vêtement et un pantalon de survêtement, puis revint.

— Je vais me coucher.

— Je peux venir ?

Le Dom haussa les épaules. Il s'en fichait, il n'avait plus l'énergie de faire quoi que ce soit. Cole le prit pour un oui et se leva pour suivre l'homme dans sa chambre.

Damien s'allongea dans le lit. Cole eut une hésitation. Nul doute que si le Dom avait été en forme, il l'aurait fait dormir au pied du lit comme un chien sans discuter, mais il n'était présent que de corps, alors le soumis prit l'initiative de se glisser entre les draps près de lui, prenant tout de même garde à ne pas le toucher. Il n'était pas fou non plus, il ne tenait pas à pousser sa chance trop loin. Il ne voulait pas énerver Damien et se faire jeter dehors.

Le propriétaire du bar lui jeta un regard surpris, mais il ne dit rien. Il y avait tellement de pensées qui s'entrechoquaient dans sa tête. Avec ce coup de téléphone, il avait l'impression de revivre cette funeste journée datant de trois ans, quand la police était venue chez lui et qu'il avait dû aller à la morgue pour identifier le corps de Warren, son beau visage méconnaissable et ses yeux bleus éteints à jamais… Tout lui revenait en mémoire comme un cauchemar sans fin.

Il se questionnait beaucoup. Il voulait plus que tout aller témoigner au procès pour qu'au moins une de ces pourritures qui avaient battu Warren à mort soit jugée et enfermée. Or, il ne savait pas comment il réagirait à devoir passer en revue la mort de son fiancé et rien que voir un des hommes qui lui avaient fait ça… rien que l'avoir devant lui, il ne savait pas comment il réagirait… Il aurait envie de le tuer à mains nues.

Dans un grognement, Damien étira le bras et agrippa la taille du soumis pour le serrer contre lui. Qu'importe que ce soit contre ses valeurs de dominant, qu'il ne faisait jamais de vanille ou qu'il détestait perdre le contrôle, il avait juste besoin d'un peu de réconfort pour l'instant.

Leur étreinte était douce et lente. Si Cole avait été d'abord surpris, il se conforta vite dans ce câlin rassurant qui était si différent de d'habitude. Il avait même peur d'y prendre un peu trop goût…

15

Cole avait adoré sa nuit, mais il était parti tôt le lendemain matin pour éviter que Damien le chasse. Assis à son bureau dans son cabinet d'avocat, il tapait sans cesse la pointe de son stylo contre son carnet, incapable de réfléchir à quoi que ce soit. Ce qui s'était passé la veille avait réveillé certains démons qu'il avait cru enfouis à tout jamais depuis trop longtemps...

Il fut sorti de ses pensées par son assistant qui poussa la porte de son bureau et passa la tête dans l'entrebâillement.

— Monsieur Walker, il y a un client pour vous.

Son stylo arrêta son manège un instant. Il haussa un sourcil.

— Un client ?

— Oui, un nouveau client, il vient d'arriver.

Il regarda son carnet de rendez-vous. Il n'avait rien de prévu cet après-midi. Pendant un court instant, il se demanda si c'était encore Damien qui s'était infiltré sur son lieu de travail.

— Très bien, alors faites-le entrer. J'ai un peu de temps cet après-midi.

— Entendu.

Son assistant disparut, puis quelques minutes plus tard, un autre homme fit irruption dans son bureau. Cole releva la tête, puis il demeura figé quelques secondes. Le sang sembla soudainement quitter son visage et il devint aussi blême qu'un drap.

— Travis, murmura-t-il, choqué.

Sous les yeux, il avait un vieil ami. Un très vieux fantôme

de son passé… Le leader de son ancienne bande qui avait été dissoute quelques années plus tôt.

— Ça fait une éternité, n'est-ce pas ?

Travis avait bien changé depuis la dernière fois qu'il l'avait vu. Lui qui avait toujours été athlétique avait perdu du poids et des cernes se creusaient sous ses yeux. Ses ongles paraissaient avoir été rongés, et ses cheveux un peu négligés tombaient lâchement devant ses prunelles. Il avait l'air inquiet et stressé.

— J'ai appris que tu avais finalement passé ton barreau.

— Oui, il y a à peine un an et j'ai ouvert mon cabinet peu de temps après avec l'argent de mon père. Je débute encore, mais les affaires vont plutôt bien.

Il essayait de converser normalement, mais il y avait comme un malaise indescriptible qui flottait entre eux. Un fantôme qui ne les avait jamais vraiment quittés.

— Tant mieux parce que je dois te demander un service.

— Ah, oui ?

— Oui… je sais qu'on a dit qu'on n'en reparlerait plus jamais, mais… la police m'a coincé.

Cole avala difficilement sa salive. Il avait peur de commencer à comprendre et à assembler les pièces du puzzle.

— Qu'est-ce que tu dis ? Pour quoi la police t'a coincé ?

Il espérait tellement se tromper.

— J'étais soûl, d'accord, j'ai vu une pédale qui me faisait penser… enfin… tu sais à qui et je l'ai frappé parce que j'étais en colère. J'ai été con, pas la peine de me le rappeler. Le mec était venu avec une amie qui a tout vu et appelé la police. Même mode opératoire et je corresponds en plus au portrait-robot qu'ils avaient fait la première fois selon la description du mec auquel j'avais loué la camionnette… Ils vont me coffrer pour les deux affaires.

Cole écarquilla les yeux. Ce ne pouvait pas être vrai. Il devait être en train de vivre un cauchemar. Le coup de fil d'hier chez Damien, le gars que la police avait arrêté et maintenant

Travis qui se pointait dans son bureau... tout concordait un peu trop bien.

— Oh ! mon Dieu..., murmura-t-il, tandis que la vérité s'imposait à lui.

Le choc faillit faire tomber Cole de sa chaise. Il s'effondra sur son bureau en se tenant la tête entre les mains, tremblant.

— Ce n'est pas vrai, gémit-il.

Il répéta cette même phrase plusieurs fois comme une litanie.

Travis qui n'y comprenait rien tenta de le rassurer.

— Je sais, c'est dur... J'ai réagi de la même façon, je ne pensais jamais qu'on se ferait pincer pour ça. Mais ça va aller, fais-moi confiance.

Lui faire confiance ? Ça avait plutôt été l'ultime erreur.

— Ils t'ont déjà interrogé ? Tu as parlé de mon implication... et des autres ? s'enquit-il sans pouvoir contrôler ses tremblements frénétiques.

Son stylo tomba au sol, le faisant sursauter. Il ne parvenait même plus à respirer.

Travis fronça les sourcils, l'air soudainement bien plus grave.

— Ils ont essayé, dit-il avec un rictus, mais j'ai à peine parlé et j'ai payé la caution. J'avais besoin d'un avocat et c'est pour ça que je suis venu te voir.

— Tu veux que je sois ton avocat ? Tu sais que ça ne fonctionnera pas si je suis moi aussi impliqué... J'aurai sans doute moi-même besoin d'un avocat... cette histoire est un véritable cauchemar. Je n'arrive pas à y croire...

Il ne pourrait plus regarder Damien dans les yeux maintenant... Ni le regarder tout court. La vie était mal faite.

Travis passa une main dans ses cheveux.

— Le procès est dans trois semaines. Je suis prêt à taire ton implication et celle des autres. Je suis le plus vieux et c'est moi qui t'ai entraîné dans cette histoire, alors que tu étais jeune, et je suis responsable. Les choses n'auraient pas dû se passer de cette façon-là... Je suis préparé à en prendre la responsabilité, mais à la seule condition que tu gagnes le procès. Il n'y avait pas de témoin et ils n'ont pas grand-chose contre moi.

L'homme fit une pause et son regard se durcit.

— Si tu perds, je n'aurais aucun remords à vous dénoncer tous les trois parce que je n'ai pas l'intention de passer tout le reste de ma vie en prison et que cela pourra diviser ma peine et agir comme un facteur atténuant.

Travis n'avait que quelques années de plus que Cole. Il avait encore toute la vie devant lui et il n'était pas prêt à tout sacrifier pour ce qui n'était qu'un incident à ses yeux.

— Je n'ai pas d'argent pour me payer un avocat, ajouta-t-il, j'ai tout dépensé pour la caution.

Cole était en pleine crise de panique. Il ne savait pas quoi faire. Ce qui était arrivé avait été une grossière erreur. Il avait réussi à enfouir ce souvenir au plus profond de lui, mais voilà qu'il refaisait surface avec une clarté étonnante. À l'époque, il n'avait jamais osé bien regarder cet homme et ses grands yeux bleus si semblables aux siens... Il s'était tenu à l'écart et avait détourné la tête au moment de prendre les photographies et les vidéos... En plus, quelque part, son cerveau avait sûrement fait exprès pour oublier à quoi il ressemblait. Tout était plus facile dans l'oubli...

Et voilà qu'en plus de faire tout resurgir, Travis lui demandait l'impossible.

Les quelques jours passés menotté dans une pièce sombre du club de Damien n'avaient été qu'un avant-goût de la véritable souffrance...

— Tu connais déjà ma réponse, murmura-t-il du bout des lèvres.

L'enfer lui parut soudainement être un endroit bien chaud et confortable...

16

Lorsque Cole rentra chez lui, la lumière rouge de son répondeur clignotait. Il prit une grande inspiration et appuya sur le bouton.

« Vous avez un message, un message… Bonsoir, c'est Demon. Ça fait trois jours que tu n'as pas rappelé et je suis *très* énervé. Ignore-moi encore une fois et je te promets que je débarque derechef dans ton cabinet et que je te baise sur ton bureau. »

Cole soupira et ferma les yeux, ne pouvant s'empêcher de sentir un frisson remonter le long de son échine. Cela faisait trois jours qu'il ne donnait plus de nouvelles à son Dom parce qu'il ne savait pas comment il parviendrait à le regarder après ce qu'il avait fait… Sa relation avec Damien était impossible. Il n'arrivait plus lui-même à se regarder en face dans une glace, alors affronter le Dom… Il n'osait pas y penser.

Mais il n'avait plus le choix. Il devait rappeler Damien parce que ce serait pire s'il ne le faisait pas. Par téléphone, il espérait que ce se serait plus facile.

La main tremblante, il composa le numéro du Dom et attendit. Trois sonneries plus tard, Damien décrocha :

— Tu m'appelles enfin, déclara-t-il froidement.

— Je suis vraiment désolé, j'ai eu beaucoup de travail au cabinet : nous nous préparons pour un gros procès dans quelques semaines.

Ce qui n'était pas complètement faux…

— Et c'était une raison pour ne pas retourner un seul de mes appels ?

Cole serra le poing.

— Je... non...

Il ne pouvait décidément pas dire la vérité à son Dom qui paraissait déjà furibond.

— Viens chez moi ce soir, je veux te présenter des amis. Et ne crois surtout pas que tu vas t'en sortir de cette façon ! Aussitôt que mes amis seront rentrés chez eux, je vais t'en faire voir de toutes les couleurs ! Je vais te baiser tellement fort et frapper ton petit cul tellement de fois que tu ne pourras plus ni marcher ni t'asseoir demain matin.

Et Damien paraissait diablement sérieux. Cole sut qu'il ne pouvait plus se défiler. Il s'en voulait de devoir cacher la vérité à son Dom, au seul homme auquel il ne devrait jamais mentir, mais si Damien apprenait ce qu'il avait fait, le rôle - même minime - qu'il avait joué... il ne lui pardonnerait pas. Et Cole en était effrayé. Il avait commencé à se sentir véritablement bien avec le propriétaire du bar, à s'accepter soi-même et à se sentir mieux dans sa peau...

La culpabilité le rongeait de l'intérieur.

Il soupira, récupéra son veston et mit la clé dans la porte.

En arrivant chez Damien, il était incapable de s'empêcher de trembler. Il remarqua une autre voiture devant la maison et se rappela que l'homme avait attendu des visiteurs. Il prit son courage à deux mains et enfonça la sonnette.

Quand Damien ouvrit la porte, il avait l'air un peu énervé mais, pour ses invités, il s'efforça de paraître agréable.

— J'ai cru que tu ne viendrais pas et que je devrais aller te chercher, te foutre dans le coffre de ma voiture et t'attacher pour te traîner ici.

Cole baissa les yeux au sol, tripotant le bas de son col roulé gris en laine avec nervosité. Il avait du mal à regarder le Dom de toute façon...

— Je suis désolé...

— C'est bon, arrête de t'excuser, ça n'y changera rien. Garde plutôt tes supplications et tes jérémiades pour tout à l'heure, quand tu auras *vraiment* besoin de me supplier... !

Il frissonna des pieds à la tête. C'est alors que Damien se pencha sur lui et lui murmura à l'oreille :

— Mes invités sont aussi membres de la communauté BDSM, alors tiens-toi tranquille et sois un bon soumis, d'accord ?

Il hocha la tête. Il avait bien compris le message. La seule chose qui le rassurait était que, coincé dans son rôle de soumis, il n'aurait qu'à se taire et répondre aux questions si on lui en posait. De plus, il aurait une bonne raison de fixer le sol. Avec un peu de chance, il parviendrait à se contrôler et à se concentrer sur autre chose que la vérité qu'il ne voulait pas voir...

Il marcha derrière Damien, bras derrière le dos, yeux vissés au plancher, jusqu'à la salle à manger où la table avait été dressée. Il releva juste un tout petit peu la tête pour remarquer un homme qui semblait à peine moins âgé que Damien, brun aux yeux verts perçants et habillé avec élégance dans son costume trois pièces dont certains accents émeraude rappelaient la teinte de ses prunelles. Sa main caressait distraitement la chevelure d'un autre homme agenouillé à ses pieds qui paraissait avoir le même âge que Cole. Il était blond platine avec des yeux bleus translucides et ne portait rien d'autre qu'un pantalon de cuir moulant et une veste assortie sans manches.

— Cole, je te présente Maître Devil et son soumis, Terrence.

L'homme rit de bon cœur.

— Crois-moi, Demon, je vais te faire te souvenir pour le restant de tes jours que tu m'as appelé « maître » !

Même le soumis à ses pieds avait une lueur malicieuse dans le regard, à croire qu'il se retenait lui aussi de rire.

— Cole est nouveau dans cet univers, alors il devait prendre conscience de qui tu étais.

— Bien sûr, bien sûr..., se moqua Devil avec arrogance.

Demon soupira et décida d'ignorer son ami. Il se tourna vers Cole :

— Ces deux-là sont ensemble depuis bientôt huit mois et c'est un peu grâce à moi, d'ailleurs.

Ayant joué à Cupidon pour ses amis et ayant enduré leurs hauts et leurs bas, leurs questionnements et leurs incertitudes, Demon n'avait aucune honte à s'accorder un peu de mérite dans cette histoire.

Tandis que le Dom parlait, Cole put sentir le regard du dénommé Devil partir de son visage et le détailler jusqu'au bas des pieds. Il dut se faire violence pour ne pas bouger et ne pas relever la tête. Il n'avait qu'une envie et c'était celle de fuir au plus vite !

— Chiot, appela soudainement Devil, et si tu allais dans la cuisine avec Cole terminer le souper et chercher les assiettes pour nous servir, pendant que je discute avec Demon ? Tu pourrais lui donner des conseils sur « comment être un bon soumis » ?

— Oui, monsieur.

Cole put alors voir le blond se redresser sans même utiliser ses mains et se diriger vers la cuisine.

— Viens, lui dit-il, il ne faut pas faire attendre nos Doms trop longtemps ou j'aurais peur pour mes fesses !

— J'ai entendu ! cria Devil. Et crois-moi, chiot, ton postérieur va en voir de toutes les couleurs quand nous rentrerons !

Les joues de Terrence rosirent et il se dépêcha d'atteindre la cuisine. Cole observait ce manège avec curiosité.

Resté seul avec Demon dans la salle à manger, Devil continua de sourire avec amusement durant quelques secondes après le départ de son soumis. Pendant longtemps, il avait eu peur que la routine s'installe entre eux et que leur relation devienne ennuyeuse. Mais il ne manquait jamais d'imagination et son soumis prenait de plus en plus ses aises. Terrence était taquin et, même s'il était un soumis hors pair, il ne manquait jamais une occasion de taquiner son Dom plus âgé et jaloux.

— J'espère que ce pourra être la même chose entre Cole et moi après huit mois, avoua Demon en regardant son ami.

Devil sortit alors de sa béatitude.

— Alors, tu te projettes vraiment à long terme avec lui... Je suis surpris que tu m'aies écouté.

— On dirait bien. Je suis surpris moi-même. Mais c'est dur de lui résister.

Devil éclata de rire.

— Je peux comprendre. Je peine à résister quand Terrence me fait des demandes. Ce sont vraiment les soumis qui ont le pouvoir. Tu lui as déjà fait signer un contrat et tout ?

— Oui, il y a quelques jours.

Devil prit un air plus sérieux.

— Et Warren... tu y penses toujours ? Tu te sens encore coupable ?

— Je ne sais pas si, un jour, j'arrêterai complètement d'y penser. Ces derniers temps, c'est un peu plus difficile, depuis ce coup de fil de la police... Je n'arrête pas de repenser à lui... J'ai même rêvé de Warren récemment. Si tu savais comme la culpabilité me dévore. Et j'aimerais tellement me dire que je ne suis plus piégé par le passé, que j'ai tiré un trait sur Warren et que je suis avec Cole maintenant, mais je n'y arrive pas tout à fait...

— Ça viendra, le rassura Devil, je suis persuadé que tu as simplement besoin de temps, les événements des derniers jours t'ont secoué et c'est parfaitement normal. Et quoi qu'il advienne, tu n'oublieras jamais Warren. Tu l'as aimé, tu t'es fiancé avec lui, il voulait dire beaucoup pour toi et il est une partie de ce que tu es devenu aujourd'hui. J'ai toujours été là pour toi et je suis certain qu'il aurait voulu que tu continues de vivre et que tu trouves le bonheur. Et je suis aussi persuadé que Cole n'attend pas de toi que tu l'oublies totalement, c'est trop important pour ça.

Demon parut mûrir ces quelques paroles durant plusieurs minutes avant de hocher la tête.

— Tu as sûrement raison. Enfin, *j'espère* que tu as raison.

Il s'assit en face de Devil, attendant l'arrivée du repas.

Cole avait été heureux de quitter la salle à manger pour la cuisine, surtout si cela signifiait s'éloigner de Demon pour un moment. La présence de l'homme suffisait à le faire trembler. La fuite était rarement une solution viable, mais c'était pourtant la seule qui lui faisait envie.

— Alors, ça fait un moment que tu es avec Maître Demon ? lui demanda Terrence, plein de curiosité, en tournant la tête, tandis qu'il était en train de dresser les assiettes.

— Tu as besoin d'aide pour quelque chose ?

— Si ça ne te dérange pas, tu pourrais me passer la sauce tartare que j'ai faite tout à l'heure ? Elle est dans le frigo.

Cole hocha la tête et tendit le petit pot à Terrence avant de répondre à sa première question :

— À vrai dire, je ne le connais que depuis quelques semaines.

— Et tu pratiquais le BDSM avant ?

— Non... pas du tout...

Il ne pouvait décidément pas révéler au jeune homme qu'il avait rencontré Demon en semant la pagaille dans son bar, tandis qu'il se soûlait pour éviter de s'avouer qu'il était lui-même gay.

— Moi non plus, mais je ne pourrais plus vivre autrement maintenant. M. Devil est sévère, mais il me gâte beaucoup trop !

— Et ça ne te dérange pas d'être toujours sous pression, de toujours obéir à des ordres... tu ne sens pas que cette situation te désavantage ?

Terrence haussa les épaules avec nonchalance.

— Je l'aime. Il pourrait faire ce qu'il veut de moi si ça lui fait plaisir. Je ne me sens pas désavantagé, le servir est ce qui me rend heureux. C'est le plaisir d'offrir. Et même si je ne le demande pas, ce n'est pas comme si je ne recevais rien en échange. Si tu n'es pas prêt à adopter ce mode de pensée, tu devrais quitter Maître Demon tout de suite, car tu ne pourras jamais le satisfaire entièrement.

Le jeune homme blond qui, au premier abord, lui avait paru frêle et timide se révélait bien plus perspicace que prévu ! Cole demeura coi durant quelques secondes, un peu surpris par sa repartie. Il n'aurait jamais pensé un tel niveau de soumission possible.

— Et tu accepterais de tout faire ? Et s'il te demandait de te jeter en bas d'un pont ?

— Je lui ai promis ma vie, alors il en fait ce qu'il en veut, mais j'ai une confiance aveugle en lui.

Cole se sentait, pour le moment, incapable d'un pareil dévouement, corps et âme. Pourtant, il lui semblait bien que son âme devait être sauvée…

— Et… qu'est-ce que tu ferais si tu avais fait une grosse bêtise, quelque chose de très grave, et que tu étais certain que ton Dom te rejetterait après ça ?

Terrence ne réfléchit même pas.

— Ça me serait incroyablement douloureux, mais je lui dirais tout.

Cole baissa les yeux, s'emmurant dans son silence.

17

Les deux Doms continuaient de discuter pendant que les soumis étaient dans la cuisine. À un moment, Devil sortit une petite boîte de la poche de son veston et la montra à Damien.

— J'ai acheté ça la dernière fois sur un coup de tête, expliqua-t-il, mais j'ai vraiment envie de sauter le pas.

Il ouvrit le boîtier pour que son ami puisse voir la bague. Il s'agissait d'un anneau en argent avec trois petits diamants incrustés sur le dessus et à l'intérieur était gravé « *À jamais tien* ».

— Elle est magnifique, le complimenta Damien en souriant. Je n'aurais jamais cru que tu te marierais un jour ! Il va falloir que je t'organise un enterrement de vie de célibataire mémorable !

— Ouais, enfin… je n'ai pas encore demandé à Terrence… Ça fait déjà une semaine que je la traîne avec moi partout sans trouver le bon moment.

— Pourquoi pas ce soir ?

Devil écarquilla les yeux.

— Ici ? Devant tout le monde ?

— Ouais, ici. Ou si ça te gêne trop, chez vous en rentrant.

Damien offrit son plus beau regard innocent à son ami. Il venait ouvertement de mettre Devil au défi, sachant pertinemment que ça fonctionnait presque toujours avec lui. Ah, l'orgueil masculin était tout de même un bel outil de manipulation !

— Non, tu as raison ! s'exclama Devil, piqué au vif. Ce sera bien si c'est fait devant toi et Cole !

Damien ricana. Ces deux-là étaient fous l'un de l'autre, ce n'était pas comme s'il y avait eu une possibilité pour que Terrence dise « Non » ! Devant sa réaction, Devil se contenta de lever les yeux au ciel en soupirant.

— Alors, elles arrivent, ces assiettes ?! demanda le Dom en haussant le ton de sa voix pour qu'on l'entende depuis la cuisine.

Les deux soumis sursautèrent.

— Nous arrivons tout de suite, monsieur ! cria Terrence.

Le jeune homme poussa une assiette dans les mains de Cole, en prit une autre et en laissa deux autres sur le comptoir.

— On peut prendre les quatre, lança Cole en se disant qu'il avait deux mains et que ce n'était pas pour rien et que des serveurs portaient parfois bien plus d'assiettes que ça en en déposant sur leurs avant-bras.

Terrence secoua la tête.

— Non, attendons qu'ils nous disent si nous pouvons manger aussi.

Cole demeura surpris un instant, mais il ne fit pas de commentaire. Il se demandait s'il arriverait un jour à penser à autant de petits détails et à être un soumis aussi expérimenté et prévenant.

Ils amenèrent les assiettes dans la salle à manger et servirent leur Dom respectif. Cole allait ensuite retourner chercher son assiette et s'asseoir à table quand Terrence mit son bras devant lui pour lui bloquer l'accès.

Regardant entre ses cils, le jeune soumis blond demanda d'une voix qui sonna un peu timide :

— Désirez-vous que nous nous joignions à vous pour le repas ?

Devil et Demon sourirent.

— Bien sûr, allez chercher vos assiettes et venez vous asseoir, répondit le premier en tripotant la petite boîte qui avait à nouveau disparu dans la poche de son veston.

L'autre Dom regardait son ami avec amusement. C'était une

des premières fois où il voyait Devil aussi nerveux à propos de quelque chose. Habituellement, l'homme était plutôt sûr de lui. Il était difficile de tenir une négociation avec Devil ou de le contredire parce qu'il avait une aura qui poussait tout de suite à la soumission et aux concessions. Pourtant, là, il avait l'air d'un écolier stressé à l'idée de faire sa première déclaration.

Terrence et Cole revinrent et prirent place aux côtés de leur Dom respectif.

— Tu as l'air nerveux, Cole, fit remarquer Demon en se tournant vers son soumis, est-ce que c'est la présence des invités qui te fait ça ? Je t'assure que Devil n'est sadique qu'avec son propre soumis !

Terrence rougit et l'intéressé éclata de rire, tandis que Cole se trémoussait sur sa chaise, gêné. Demon était très loin du compte... Il ne s'était jamais senti aussi mal à l'aise et pas à sa place. S'il avait eu un soupçon d'intelligence, il se serait déjà exilé dans les Rocheuses au Canada, mais il ne pouvait pas s'y résigner. De toute manière, il avait toujours su que, tôt ou tard, cette vieille histoire finirait par le rattraper. Il ne pourrait pas la fuir éternellement.

Malgré tout, le jeune homme s'efforça de paraître normal au maximum. Il n'était pas encore prêt à tout dévoiler à Demon, ni même à révéler quoi que ce soit... Le Dom ne lui pardonnerait jamais. Et il le quitterait. Après s'être autant débattu pour que Demon lui laisse une chance, Cole était déterminé à faire en sorte que ça n'arrive pas.

— Non, ça va, assura-t-il du bout des lèvres en déglutissant.

Son visage ne devait pas être tout à fait raccord avec ses dires parce que Demon le regarda bizarrement, mais n'insista pas. Peut-être croyait-il que c'était la punition de ce soir qui l'inquiétait ? À vrai dire, Cole aurait préféré que ce soit ça...

— Et si tu nous parlais plutôt de toi ? lança Devil pour essayer de détendre l'atmosphère, mais aussi parce qu'il était curieux d'apprendre à connaître l'homme qu'avait choisi son meilleur ami. Que fais-tu dans la vie ?

— Je suis avocat, j'ai passé mon barreau il y a environ un an. Je débute, mais j'ai mon cabinet.

Cole aurait pu embrasser Devil, tant il était heureux de changer de sujet !

— Tu travailles sur une grosse affaire en ce moment ?

Oh... Il avait peut-être crié sa joie un peu trop vite...

— Hum... Oui, un nouveau client est venu me voir il y a quelques jours pour une affaire plutôt... compliquée..., mais je n'ai pas le droit d'en parler : secret professionnel oblige.

Cole força son plus beau sourire pour faire mieux passer la pilule et il évita de tourner la tête afin de ne pas rencontrer le regard assassin de Demon. Il se doutait que le Dom avait un millier de questions à lui poser sur ses quelques jours d'ermitage. Heureusement, Devil ne chercha pas à en savoir plus.

— Eh bien, j'espère que tu gagneras ton procès !

— Moi aussi...

Et Dieu seul savait qu'il avait tout intérêt à le gagner, ce procès... ! Il allait devoir bosser énormément. Ça lui prendrait tout le temps dont il disposait pour se préparer correctement. Il n'allait plus avoir beaucoup de temps pour autre chose, mais ça lui convenait. Il ne voulait pas penser à tout le reste. C'était trop dur. Se noyer dans le travail était tout juste ce qu'il lui fallait.

— Et c'était comment ces quatre jours dans le cachot de Demon ?

Perturbé par ses pensées sombres à propos de toute cette histoire, il fallut quelques secondes à Cole pour réaliser ce que lui demandait Devil. Lorsque l'information fut parvenue à son cerveau, le rouge lui monta aux joues à la vitesse de l'éclair.

Demon lui avait raconté *ça* ? Cole aurait voulu disparaître six pieds sous terre. Finalement, les Rocheuses canadiennes étaient bien tentantes !

— Horrible, répondit-il honnêtement après un gémissement.

Son Dom eut un petit rire moqueur.

— Et pour y avoir goûté, Devil est bien placé pour savoir comment je manie le fouet !

La table fut aussitôt plongée dans le silence. Terrence écarquilla les yeux de surprise et manqua de s'étouffer avec sa bouchée.

— Qu'est-ce que tu viens de dire ? demanda son meilleur ami en le fusillant du regard.

Brusquement, Demon prit conscience de ce qui lui avait échappé.

— Oh ! bon sang, je suis désolé, Devil ! Désolé ! C'est sorti tout seul !

Terrence avait beau être un soumis adorable, parfois sa langue fonctionnait plus vite que sa pensée :

— Vous… vous êtes soumis à Maître Damien, monsieur ?

Devil avait violemment envie de frapper son crâne contre le bois de la table.

— On ne va pas en discuter durant des heures, si ?! Et pour toi, chiot, ça fait une erreur : on ne parle que lorsqu'on te pose une question !

Cette information n'aurait jamais dû filtrer ! Il était certain qu'il en entendrait parler durant des années ! Pour ne rien arranger, après s'être confondu en excuses, Demon avait fini par éclater de rire. Et, à chaque fois qu'il essayait d'arrêter, il relevait la tête, croisait le regard de Devil et recommençait.

C'était dans des moments pareils qu'il se félicitait d'être un Dom. Ainsi, il pourrait faire taire Terrence et ses questions avec un bâillon-boule quand ils seraient à la maison !

Même Cole était bouche bée. Devil lui donnait l'impression d'être un homme solide et fier. Il peinait à l'imaginer à la place du soumis, à *sa* place. Il lui restait encore bien des choses à apprendre sur la communauté BDSM qui ne cessait pas de le surprendre.

Le reste du repas se déroula dans le calme. Devil se dérida un peu, et les Doms continuèrent de discuter de sujets banals entre eux, s'adressant de temps à autre à leur soumis. Ils parlèrent de la carrière de mannequin de Terrence – que Cole avait finalement reconnu pour avoir déjà vu son visage sur un bus et à la télévision –, du bar de Demon où il prévoyait de faire des rénovations bientôt et du travail de P-DG de Devil, de la collection printemps-été qu'il allait présenter dans le prochain numéro du magazine de mode.

Au dessert, Devil finit par prendre le taureau par les cornes et posa un genou au sol devant Terrence qui ne comprenait pas ce qui se passait.

— Terrence Robinson, tu es la meilleure chose qui me soit arrivée dans la vie, tu es un soumis, un mannequin et un petit ami exceptionnel et j'aimerais aussi parler de toi en tant que mon époux. Accepterais-tu de m'épouser ?

Les grands yeux du jeune homme étaient écarquillés, de surprise et de joie mêlées.

— Ce n'est pas un ordre, monsieur ?

— Tu gâches le moment.

— Oui, oui, mille fois oui, monsieur !

Terrence sauta dans les bras de son Dom aussitôt que la bague fut enfilée à son doigt.

Cole les regarda avec un pincement au cœur. Il ne pouvait plus s'autoriser à rêver à un pareil futur avec Damien maintenant…

De son côté, le plus âgé dut se frotter les yeux pour ne pas sangloter comme une madeleine (il avait une image à tenir !), mais il fallait le comprendre : Devil était son meilleur ami depuis une décennie, et épouser quelqu'un comme Terrence, depuis que le mariage homosexuel était légal, était tout ce qu'il lui avait toujours souhaité. Il se leva et alla enlacer son ami en lui donnant une tape dans le dos.

— Félicitations, je suis tellement heureux pour toi, je te souhaite tout le bonheur du monde.

Il baissa la voix et rajouta :

— Et de baiser autant que maintenant même en étant un homme marié. J'ai confiance, tu échapperas aux pronostics !

Il enlaça aussi Terrence en le félicitant chaudement.

Il retourna ensuite s'asseoir, et ils terminèrent le dessert sur une note joyeuse après avoir porté un toast.

Un peu plus tard, Terrence et Devil furent sur le pas de la porte. Rien qu'en les voyant, Cole devinait que les deux mouraient d'envie de rentrer chez eux pour « fêter » leurs fiançailles à leur manière...

Dès que la porte fut fermée, Cole se retourna vers Demon, le cœur battant. Le Dom avait retrouvé une expression froide plutôt inquiétante.

— Tu n'y échapperas pas. Enlève tes vêtements et rejoins-moi au sous-sol, tu connais le chemin.

18

Cole avait la boule au ventre. Attaché sur la croix de Saint-André, bras étendus perpendiculairement à son corps, il suivait Demon des yeux tandis que ce dernier choisissait les instruments qui serviraient à leur séance.

— J'ai envie de tester quelque chose de nouveau avec toi ce soir, quelque chose qui te fera crier.

Le soumis était aussi nerveux qu'impatient. Demon pesait ses mots et ceux-ci n'étaient jamais à prendre à la légère, surtout quand il parlait de BDSM... Le Dom revint quelques instants plus tard avec une drôle de machine, dont Cole n'arrivait pas à identifier l'utilité au premier regard.

Il s'agissait d'un petit boîtier avec plusieurs boutons pour choisir des modes et une roulette pour régler l'amplitude. Trois fils étaient reliés à la boîte. Le premier se terminait par un plug anal argenté d'environ dix centimètres, le second était attaché à un cathéter et le dernier à des pinces crocodiles.

— Je suis certain qu'on n'a jamais fait ça sur toi, Cole. Tu as déjà subi des électrochocs ?

Le soumis écarquilla les yeux en secouant la tête. Rien que le nom suffisait à lui donner des frissons... Il avait peur, mais il voulait demeurer fort. En particulier ce soir. Il méritait amplement tout ce que Damien jugerait bon de lui faire subir.

— Prépare-toi à ressentir de toutes nouvelles sensations... Nous allons tester beaucoup de choses ce soir et je ne serai pas tendre avec toi... Alors, n'oublie pas que tu peux utiliser ton mot de sécurité dès que tu en ressens le besoin.

Demon versa une dose de lubrifiant dans ses mains, puis lubrifia le plug. Il s'approcha de Cole et glissa un doigt dans la raie de ses fesses. Cole gémit, prêt à en redemander plus. Le Dom fit quelques allers-retours avec son index, puis quand son soumis fut bien détendu, il appuya la pointe du plug contre l'orifice du jeune homme et le poussa lentement à l'intérieur.

Cole commençait à avoir l'habitude de ces choses-là. En vérité, c'était plutôt agréable. Surtout quand Demon parvint à toucher sa prostate avec le plug. Le métal était aussi froid que le lubrifiant, mais la chaleur de ses entrailles parvenait à le réchauffer. Il en frissonnait de plaisir et, si ses jambes n'avaient pas été ligotées, il aurait tout fait pour écarter les cuisses davantage.

La suite fut cependant moins amusante... Demon se saisit du cathéter : une fine petite tige longue d'environ vingt-cinq centimètres, épaisse de quelques millimètres.

— Tu sais ce que c'est ?

Cole secoua la tête.

— Non...

Damien sourit, l'air diabolique.

— Je vais te montrer...

Sa grande main s'enroula autour du sexe déjà bandé de Cole et son pouce caressa le gland. De son autre main qui tenait le cathéter, il en pressa l'embout contre l'urètre de son soumis et commença à lentement le faire descendre.

Cole hoqueta. Son visage se couvrit de rouge. Voilà qui était horriblement douloureux ! Il cria, le souffle coupé. Cet endroit n'était définitivement pas fait pour... pour *ça* !

— Ne t'en fais pas, la douleur passera quand la sonde sera entièrement à l'intérieur.

Il poussa chaque centimètre de la tige jusqu'à ce que le bout plus épais bloque la progression de la descente.

— Voilà, murmura Demon, c'est tout au fond...

Cole prit une grande inspiration. le Dom avait raison : la douleur commençait déjà à diminuer, mais la sonde restait inconfortable. En revanche, c'était presque comme si elle pouvait atteindre sa prostate depuis l'intérieur, le rendant encore plus sensible.

Puis, après avoir laissé le temps à Cole de s'accommoder aux premiers éléments, le Dom passa aux pinces crocodiles. Il les accrocha toutes les deux aux tétons du soumis, meurtrissant les deux bouts de chair rosée et arrachant un glapissement de douleur à son soumis. Par chance, ce n'était que les mettre – et les enlever – qui était douloureux. Les porter ne l'était pas, la douleur s'évanouissait et les membres s'engourdissaient.

— Maintenant, tu es prêt.

Reprenant le boîtier en main, Demon maintint le bouton deux ou trois secondes pour l'ouvrir. Une petite lumière rouge clignota, étirant le sourire sadique du dominant.

— Accroche-toi bien.

Il appuya sur le mode « engourdissement » pour commencer et régla la puissance des chocs à faible. Il enfonça le bouton et une décharge parcourut Cole.

Tout son corps fut figé. Il ne s'attendait pas à pareilles sensations. L'électricité avait parcouru toutes les zones les plus sensibles de son anatomie. Ça piquait, surprenait et chauffait à la fois. Il ne parvenait même pas à l'expliquer.

— Tu en veux encore ?

Demon augmenta la puissance et renvoya une charge électrique. Le corps de son soumis se tendit le temps d'une demi-seconde. Cole cria. Il se serait peut-être débattu, mais les liens l'empêchaient de faire tout mouvement, même de tomber. Pourtant, il avait l'impression d'avoir perdu la sensation de ses muscles et la capacité de tenir debout par la même occasion. Son érection était tombée, mais paradoxalement, il ne l'avait jamais sentie aussi sensible. Le moindre effleurement pourrait lui faire mal.

C'était douloureux, mais si cela faisait plaisir à son Dom, il pouvait en prendre plus.

— Encore…, murmura-t-il, la langue molle.

Demon fronça les sourcils.

— Tu oses me donner des ordres ?

Il changea le mode sur sa télécommande et passa en « absorption » qui signifiait un choc électrique visant à provoquer davantage une douleur qu'un engourdissement des membres. Il augmenta la puissance une nouvelle fois, puis il envoya une énième décharge.

Cette fois, le cri de Cole fut plus aigu que les précédents, il parut déchirer la pièce en deux. La douleur avait été vive. Tout son corps était rouge à présent et ses grands yeux bleus lui piquaient, remplis d'eau. Quelque chose lui disait qu'il avait atteint sa limite, mais pour Demon… pour se purger… il *voulait* endurer plus.

— Plus…, murmura-t-il même s'il n'avait presque plus la force de respirer.

Il cherchait son souffle et ses membres étaient parcourus de fourmillements incontrôlables.

Demon mit la puissance maximale et enfonça le bouton. Cole fut parcouru d'une décharge si violente qu'il manqua de perdre conscience. Ses muscles se tendirent d'un seul coup avec violence, puis retombèrent avec brusquerie.

Ses larmes redoublèrent d'intensité et il fondit en sanglots. Il tremblait sans pouvoir s'arrêter et sa vision se floutait. Il avait tellement mal partout…

— Plus fort…, souffla-t-il avec difficulté.

Même sa tête ne voulait plus tenir droite. Demon l'observa, mais cette fois ne lui obéit pas. Il jura dans sa barbe, puis ferma le boîtier avant d'accourir. Il avait été un piètre dominant : il aurait dû savoir que son soumis allait au-delà de ses propres limites !

— Cole ! Même si tu veux me rendre fier, tu ne dois pas outrepasser tes propres limites. Tu te dois d'utiliser ton mot de sécurité quand ça ne va pas. Je ne peux pas toujours le deviner... Je refuse que tu te mettes inutilement en danger pour moi, car te voir dans cet état ne me fait assurément pas plaisir.

Il détacha le jeune homme qui lui tomba dans les bras, incapable de maintenir un semblant d'équilibre. Le Dom le serra contre lui, tandis que les pleurs de son soumis augmentaient.

— Qu'est-ce que tu as, Cole ?

Le soumis se contenta de secouer la tête, inconsolable.

— Peux pas... peux pas dire..., parvint-il à dire entre deux hoquets.

Demon prit la tête de Cole et l'éloigna de son torse pour le forcer à le regarder. Scrutant son soumis, il n'avait pas calculé à quel point ce serait douloureux de regarder ces yeux océan noyés de larmes. Une véritable torture.

— Tu sais que tu ne dois avoir aucun secret pour moi, Cole, je suis ton Dom, exigea-t-il.

Le soumis ne pouvait pas répondre. Il dodelina encore la tête.

— Procès... secret professionnel... peux *vraiment* pas...

Damien abandonna pour ce soir. Cole n'arrêtait pas de pleurer et il ne tirerait rien de lui dans cet état. Il débarrassa son soumis de ses accessoires, lui arrachant un cri quand il fit remonter le cathéter et un autre lorsqu'il ôta les pinces crocodiles. Gentiment, il souleva le jeune homme dans ses bras et il monta à l'étage.

Cole se blottit contre le Dom sans cesser ses pleurs. Il se trouvait lui-même ignoble. Comment pouvait-il laisser Damien s'occuper de lui ainsi ? Comment pouvait-il trouver le moindre réconfort dans ses bras ?

Il était un monstre.

Damien l'installa dans le lit, se glissa sous la couette et l'attira contre son torse. Cole fit mine de résister, mais ses résistances furent vaines. Damien passa un bras autour de sa taille et embrassa le haut de son crâne.

— Tu peux tout me dire, tout me confier. Il n'y a rien qui ne me fera peur, Cole, et tes secrets seront toujours bien gardés avec moi.

Cole demeura muet. Si seulement ces belles paroles pouvaient être vraies...

19

Cole hurla et balaya du revers de la main son bureau, envoyant furieusement toutes les feuilles voler dans les quatre coins de la pièce.

— Putain de merde ! répéta-t-il encore et encore. Putain de procès !

C'était impossible ! Il ne gagnerait jamais ce foutu procès ! Toutes les preuves étaient là, contre son client ! Travis correspondait au portrait-robot fait par le gars qui lui avait loué la camionnette – elle-même repérée par un témoin le funeste soir –, gars qui l'avait formellement identifié après sa récente arrestation. Il avait agressé un autre homosexuel récemment et avait été vu en train de le faire. Sans parler que tous ceux qui connaissaient Travis pouvaient témoigner de son homophobie… Cole savait qu'il avait perdu la partie avant même de l'avoir commencée. Et si quelqu'un découvrait sa relation avec Damien, il serait encore plus dans la mouise. Il entrerait en conflit d'intérêts et ne pourrait même plus défendre son ami !

— Tout est foutu ! Complètement foutu ! continua-t-il de hurler.

Il criait si fort et faisait tellement de brouhaha dans son bureau que son assistant finit par ouvrir la porte.

— Vous allez bien, monsieur Walker ? Avec tout ce bruit, j'ai cru que j'allais devoir appeler l'ambulance !

Sitôt qu'il eut fini de parler, ses yeux balayèrent la pièce de gauche à droite et sa mâchoire manqua de se décrocher.

Des feuilles couvraient le plancher, la corbeille était pleine de boules de papier chiffonnées rageusement, et Cole avait jeté son porte-crayon et faillit renverser son bureau. Tout était réellement sens dessus dessous.

— Quoi ? rugit Cole en tournant la tête vers son assistant, ses yeux lançant des flammes.

— Rien, je suis désolé, si tout va bien, je retourne à mon travail...

Réalisant que son brusque élan de colère n'avait eu aucun sens, Cole prit une grande respiration et ferma les yeux pour recouvrer le contrôle de lui-même.

— Non, c'est moi qui suis désolé. Je ne sais pas ce qui m'a pris. Cette nouvelle affaire me bouleverse vraiment.

— Ah, oui, c'est toujours difficile, les histoires d'agressions et de meurtres. Les preuves sont souvent horribles à voir...

Si seulement ce n'était que ça... Il en avait vu des photos de cadavres et de scènes de crime. Que ce soit à l'université ou dans le cadre de son travail, il en avait déjà regardé de très près. Ce n'était pas ce qui le dérangeait le plus.

— Cette affaire va me rendre dingue. Peu importe l'angle avec lequel j'aborde le problème... je ne pourrai *pas* m'en sortir. Il y a trop de preuves contre lui. Je pourrais tenter de jouer l'aliénation mentale ou quelque chose du genre, mais pour ça, il faudrait plaider coupable...

Et Travis n'accepterait jamais de faire ça. Même s'il acceptait, il s'assurerait sûrement de dénoncer le reste de la bande pour qu'ils tombent avec lui...

Hier, pendant un bref instant, il avait songé à tout déballer à Damien, mais il s'était ravisé. Le Dom l'avait tenu dans ses bras jusqu'à ce qu'il cesse de trembler. Il ne pouvait pas lui avouer sa pire honte, son plus gros regret...

Et il ne voulait pas perdre Damien... Jamais personne ne s'était occupé de lui de cette façon avant.

— Et qu'est-ce qui l'en empêche ? Vous devriez expliquer à votre client qu'il n'a aucune chance de s'en sortir, mais que plaider coupable pourra écourter sa sentence et rendre le juge plus clément.

Cole ne pouvait décidément pas lui dire où était le problème là-dedans...

— Je verrai à lui en glisser un mot, mais il sera dur à convaincre..., lâcha-t-il en se prenant la tête entre les mains.

Mais avait-il d'autres choix ? Travis allait s'énerver quand il allait lui dire... Il aurait fait n'importe quoi pour s'éviter pareille scène. Il prit une grosse inspiration.

— Vous voulez que je vous aide à nettoyer tout ce bazar ? demanda son assistant en désignant tout le fouillis du bureau.

Cole pinça les lèvres et secoua la tête.

— Non, merci beaucoup d'avoir proposé, je ne voudrais pas te réduire à faire ça, ce n'est pas ton job... En plus, c'est ma faute. Je vais ranger tout ça avant de partir.

S'il en trouvait la force...

— Alors, je peux vous laisser ?

— Oui, rentre chez toi, encore merci.

Il avait besoin d'être un peu seul. Pour prendre la meilleure décision. Pour digérer tout ça. Et avec Damien qui voulait qu'il repasse chez lui ce soir... Cole ne se sentait pourtant pas prêt à subir toutes les questions, toutes les interrogations qu'aurait son Dom pour lui. Il n'avait pas envie de mentir à l'homme, mais pouvait-il faire autrement ?

Si Travis le dénonçait, il était foutu. Il était assez bon avocat pour savoir qu'il irait en prison. Peut-être que quelques mois s'il obtenait une libération conditionnelle. Il savait aussi que l'enfer carcéral avait détruit plus d'un homme. Il n'était pas une once féroce, il se ferait dévorer par les plus gros s'il mettait un pied là-bas... Dans les coulisses de la justice, il en avait entendu des histoires horribles. Des agressions, des viols... Il pouvait craindre le pire. Il ne tiendrait même pas une journée.

Pourtant, il ignorait ce qui l'effrayait le plus entre la perspective de faire de la prison et celle de perdre Damien.

Il ne pourrait pas cacher éternellement son secret. Travis

ne serait jamais innocenté, il les dénoncerait tous... Devant l'inévitable, Cole ferma les yeux quelques secondes. Il était déjà conscient que tout était foutu. Damien ne lui pardonnerait pas, mais les choses seraient sans doute moins pires si Travis était condamné pour son crime. Et s'il payait lui-même son dû.

Il sut à cet instant qu'il ne pouvait pas défendre Travis. Il devait tout dire à Damien, puis se dénoncer. S'il témoignait contre son ami – ce qui était une des choses les plus douloureuses qu'il n'aurait jamais à faire –, il avait peut-être une chance de voir sa sentence être adoucie. S'il faisait six mois de taule, il serait chanceux. Et s'il n'était pas trop brisé après ça, garder l'espoir vain que Damien veuille bien encore de lui...

Il se leva et marcha jusqu'au coffre-fort encastré dans le mur derrière lui. Il entra la combinaison et ouvrit la lourde porte. Elle était là.

La carte SD de la caméra qu'il n'avait jamais pu détruire.

20

Il l'avait sous les yeux, la preuve irréfutable de l'implication de Travis dans le meurtre du passé. La preuve qui condamnait aussi ses deux autres anciens amis et qui le condamnerait… lui.

Il fourra la carte SD dans sa poche avec un soupir. Était-il normal de se sentir aussi vide à l'intérieur ?

Cole rangea son bureau sans grande conviction, remettant les feuilles dans leur dossier et les dossiers dans leur classeur. Il prenait son temps et c'était con parce qu'il savait qu'il allait inexorablement devoir aller chez Damien pour affronter son passé.

Il tremblait comme une feuille au moment d'enfoncer la sonnette. Les émotions s'entrechoquaient tellement qu'il ne savait même pas comment il ferait pour parler. Cole était ravagé par la culpabilité. Il se détestait. Il détestait la personne qu'il avait été et ce qu'il avait fait. Pourtant, il ne pouvait plus fuir son passé. Sa gorge était si serrée…

La porte s'ouvrit, et Damien le contempla, sourcils froncés.

— Il faut qu'on parle.

Cole hocha la tête avec lenteur. Il entra dans la maison, marcha un peu devant, soupira, déglutit, puis se retourna face à son Dom :

— Oui, souffla-t-il, il faut qu'on parle, mais laissez-moi parler le premier parce que après m'avoir entendu, vous ne voudrez peut-être plus jamais me parler…

Le froncement des sourcils de Damien s'accentua.

— Comment ça ?

Il n'y comprenait rien. Cole se contenta de secouer la tête.

— Vous devriez peut-être vous asseoir.

Essayait-il de gagner du temps et de retarder le moment qu'il appréhendait tant ? Sans doute. Il n'avait pas encore commencé à parler qu'il voulait déjà se mettre à pleurer. Il faisait de son mieux pour contenir ses émotions, mais il avait mal au ventre à force de stress.

Comment Damien allait-il réagir ? Il imaginait bien qu'il ne voudrait plus jamais lui adresser la parole ensuite… Ce ne serait que normal… Alors, pourquoi une part de lui gardait-elle espoir ? Ce n'était pas sain… C'était même égoïste de sa part. Le Dom avait tous les droits de lui hurler dessus, même de le frapper s'il le voulait. Cole se laisserait faire sans rien dire. Parce que rien – ni les coups de fouet ni les coups de canne – ne serait jamais plus douloureux que ce qu'il s'apprêtait à révéler.

Et plus il attendait pour le faire, plus la pression devenait lourde dans la pièce. Le poids des remords pesait de plus en plus sur les épaules du jeune homme, l'écrasant petit à petit.

Il n'osait pas regarder Damien. Peur de tout détruire. Peur de sa réaction. Peur de le faire souffrir. Peur de le décevoir. Il serra les poings. Il y avait des lames de rasoir dans le creux de la gorge.

— Qu'est-ce que tu veux me dire ? Bon sang, Cole, tu commences à me faire peur !

Le soumis avait un air sombre sur le visage. Damien allait peut-être regretter de ne pas s'être assis. Tant pis, il ne pouvait plus attendre. S'il attendait trop longtemps, il avait peur de ne plus jamais être capable de le dire. Si le Dom commençait à se montrer tendre avec lui, il flancherait et ne dirait rien, effrayé à l'idée de tout gâcher. Pourtant, il était de son devoir de dire la vérité. Toute relation BDSM se devait d'être construite sur la confiance mutuelle et l'honnêteté. S'il ne disait rien, ce serait encore pire que d'avouer.

Incapable de se contenir une minute de plus, il prit une grande inspiration et lâcha sa bombe.

— Quand Warren est mort, j'étais là.

Le monde s'effondra autour de lui.

Il arrêta de respirer.

C'était comme si le temps s'était arrêté. De seconde en seconde, il vit le visage de Damien se modifier. L'homme le dévisagea, yeux écarquillés, comme s'il ne l'avait pas bien compris ou qu'il peinait à y croire. Il ne bougea pas, sous le choc. Puis, les émotions défilèrent sur ses traits les unes après les autres. De l'incrédulité à la surprise, en passant par la douleur et la tristesse, puis finalement... la colère.

— Qu'est-ce que tu as dit ?

Cole pensait avoir vu le côté le plus sombre de Damien, lors de ces quatre jours dans le cachot de la bête. Maintenant, il savait qu'il n'avait rien vu...

— Ne m'interrompez pas, s'il vous plaît, ou je ne pourrai pas finir...

Sa voix tremblotait. Tout son corps tremblait aussi. C'était encore plus difficile que ce qu'il avait imaginé.

Damien voulut dire quelque chose, mais il croisa seulement les bras sur son torse et lui enjoignit de poursuivre, devant se retenir de parler. Il devait au moins entendre la version de Cole pour comprendre ce dont il en retournait.

— Je connais Travis depuis l'adolescence, lui et les deux autres gars qui étaient présents ce soir-là. Nous avions un ami en commun : Éric. Warren est sorti avec lui, puis l'a largué... il l'a largué pour vous. Et Éric s'est suicidé peu de temps après. Le jugement des autres – de sa famille – après son *coming out* qui n'avait pas été bien pris et sa séparation... ça l'a achevé.

Son interlocuteur devait se mordre la langue pour éviter de hurler, mais il se contint. Il fit ce que Cole lui avait demandé, le respecta et ne l'interrompit pas. Mais le plus jeune put voir les jointures du Dom blanchir alors qu'il serrait les poings.

— Bien sûr, il y avait d'autres choses dans sa vie qui l'ont mené jusque-là, mais... Warren, ça lui a porté le coup fatal. Travis et Éric avaient toujours été comme les deux doigts de la main, mais sa relation avec Warren les avait éloignés l'un de l'autre... C'est Travis qui m'a appelé pour m'annoncer... qu'il... enfin... qu'il en avait fini.

Cole prit une pause. Rien que le temps de souffler un peu. Il avait les larmes au bord des yeux. Ressasser ces souvenirs était douloureux. Et ce l'était tout autant pour Damien. Si ce ne l'était pas plus.

— Ça a détruit Travis. Il est devenu fou de rage. Nous l'étions tous. Pour eux, Warren était le grand responsable de la mort de notre ami. En grosse partie, du moins. C'est pour ça que Travis avait prévu de lui donner une leçon pour éviter qu'il ne recommence à se jouer des sentiments d'un autre comme il s'était joué des sentiments d'Éric. Je ne voulais pas le suivre ce soir-là... Mais on m'y a poussé, on m'a dit que ce serait juste une blague... Ce ne devait être que verbal. On devait l'engueuler à la sortie du bar, le mettre devant le fait accompli et lui faire avouer qu'il avait trompé Éric...

Damien ferma les yeux. Warren avait été tout pour lui, et entendre parler de son défunt fiancé de cette façon le rendait malade. Il n'avait pas l'impression que Cole mentait, mais il ne pouvait pas le supporter.

— On sait tous les deux comment ça s'est terminé... mais c'était un accident. Aucun de nous ne voulait que les choses tournent de cette façon. Sauf que les esprits se sont vite échauffés et que Warren a poussé Travis. Ils en sont venus aux mains et tout le monde s'en est mêlé. Quand les choses ont commencé à dégénérer, quand c'est devenu physique, j'ai pris peur et je suis resté figé.

À ce jour, cela demeurait encore son plus grand regret. S'il avait trouvé le courage d'élever la voix et de leur crier d'arrêter... l'auraient-ils écouté ? Aurait-il pu sauver Warren avant qu'il ne soit trop tard ? Ou est-ce que Travis et les autres se seraient retournés contre lui ?

— Je n'ai pas bougé pour aider Warren, alors que j'aurais dû m'interposer, et quand je suis sorti de ma torpeur, je me suis enfui comme un lâche. J'ai paniqué. Je ne voulais pas être associé à tout cela. Je venais de commencer mes études de droit… J'avais peur de tout perdre. J'étais terrifié. Je sais que ça n'excuse en rien ce qu'il s'est passé. C'était horrible et, peu importe les torts de Warren, il ne méritait pas ça… Personne ne mérite ça. Il faisait noir, je n'ai jamais bien vu son visage…

Cole tremblait, mais il ne pleurait pas. Il avait tellement pleuré qu'il n'avait plus de larmes pour le faire. Ce n'était que la vérité, mise à nue, crue. Et il était à sec pour verser des larmes.

— J'avais la charge de filmer. Les gars voulaient mettre la vidéo en ligne pour montrer à tout le monde que Warren était infidèle, dévoiler son vrai visage. Ils voulaient aussi envoyer la vidéo à son nouveau petit ami : à vous. C'est quand je suis rentré chez-moi que j'ai réalisé que j'avais encore la caméra sur moi. Je ne savais pas quoi en faire… Je voulais détruire les photos et les vidéos, mais je n'ai jamais trouvé le courage de le faire, pas plus que je n'ai trouvé la force de les regarder.

Il fouilla dans sa poche et en sortit la carte SD.

— Tenez, prenez-la. Toutes les preuves sont là-dessus. Je ne peux plus garder ça pour moi, faites-en ce que vous jugerez bon d'en faire. Même si on n'est jamais vraiment prêt, je me suis préparé à ce qui allait arriver si ces preuves sortaient un jour.

Il tendit la carte à Damien qui s'en empara, l'observant d'un œil mauvais.

— Et la chose la plus importante… j'ignorais que cet homme était Warren… je n'en savais rien… C'est Travis qui a tout planifié… je n'étais au courant de rien jusqu'au soir où les événements se sont produits.

— Tu as fini ?

Le ton glacial de Damien, sans appel, secoua Cole jusqu'aux tripes.

— Oui…, murmura-t-il.

— Très bien. Depuis quand sais-tu ?

— Une semaine, peut-être moins... Ça remonte à quand Travis est venu me voir parce qu'il voulait que je le défende pour son procès. J'ai fait le lien à ce moment-là.

Damien le regarda comme s'il était un étranger.

— Tu as tué Warren.

Cole s'y était attendu, mais entendre ces mots en vrai était pire que ce qu'il avait pu imaginer. C'était comme un coup de poignard en plein cœur. Il baissa la tête, incapable d'affronter le regard accusateur de Damien une seule seconde de plus.

L'homme bouillonnait de colère, mais il était tellement choqué... tellement sous le choc, qu'il ne parvenait pas à réagir d'une façon qui lui paraissait correcte. C'était horrible. Il s'était toujours dit qu'il tuerait celui qui avait osé faire cela à Warren, mais voilà qu'il se retrouvait avec Cole sous les yeux. Il ne pouvait pas faire ça à Cole... Il ne pensait pas qu'il existait une sensation aussi horrible, douloureuse et déchirante sur cette Terre.

— Et je t'ai enlacé, je t'ai fait l'amour..., cracha-t-il presque avec dégoût. Tu m'as laissé faire toutes ces choses !

Maintenant, il comprenait mieux pourquoi Cole avait fondu en larmes dans ses bras la dernière fois et pour quelle raison il avait autant repoussé ses limites.

Il soupira, passa près de Cole et tira une chaise en plein milieu de la pièce. Le soumis le regarda avec incrédulité. Damien l'ignora, puis désigna la chaise d'un doigt impérial :

— Assieds-toi là.

Cole n'osa même pas désobéir une seule seconde. Anéanti, il s'assit en silence, relevant finalement la tête vers son interlocuteur. Ce dernier avait un téléphone dans la main.

— Que faites-vous ?

— J'appelle la police.

21

Aucun homme ne devrait jamais avoir à assister à cette scène. Après la mort de Warren, voir les policiers entrer dans *sa* maison pour y menotter et emmener l'homme avec lequel il projetait un possible avenir était sans doute la chose la plus difficile qu'il ait vécue.

Cole ne s'était pas débattu. Il avait déjà prévu de se livrer aux autorités avant. Damien leur avait remis la carte SD, et le soumis avait sagement courbé la nuque pour entrer dans la voiture de police. Il avait à peine eu le temps d'adresser un dernier sourire triste à Damien et d'articuler un « sincèrement désolé » muet sur ses lèvres. Il n'avait aucune pitié pour les criminels. Et Cole savait maintenant qu'il n'y avait que son Dom pour rendre des menottes érotiques...

Quand la porte de sa maison eut claqué et que la voiture s'en fut allée, Damien s'autorisa finalement à craquer. Il cria, il hurla et il pleura, impuissant. Il n'avait plus pleuré depuis très longtemps.

C'est brisé qu'il appela Devil.

— Il était là, il y a trois ans..., murmura-t-il, il a fait partie de ceux qui l'ont tué... et la police l'a emmené, je les ai laissés l'emmener...

— Oh ! s'exclama Devil, choqué d'entendre Damien sangloter. Écoute, tu es sous le choc, c'est normal. Je n'ai pas compris grand-chose à ton histoire, mais j'arrive en urgence, d'accord ? Alors, reste chez toi là où tu es et ne tente rien de dangereux.

Pour que Damien réagisse de cette façon, ce devait être sérieux. Depuis Warren, Devil ne l'avait plus vu dans cet état. Il quitta le bureau en trombe, laissant ses assistants en plan et, en moins de trente minutes, il fut devant chez Damien qui le laissa entrer.

Ses traits étaient tirés et ses yeux aussi rouges que ceux d'un cocaïnomane. Il lui expliqua la situation en quelques mots murmurés. Il fallut un petit instant à Devil pour tout assimiler.

— Je les ai appelés… j'ai appelé la police de mon propre chef parce que j'ai cru que c'était la meilleure chose à faire. Les assassins de Warren doivent payer pour ce qu'ils ont fait… Que pouvais-je faire d'autre ? Et ils sont venus… et ils ont pris Cole, ici, sous mon propre toit. C'est mon soumis et j'ai complètement échoué à le protéger…

Devil fit ce qu'il n'avait pas fait depuis des années et serra Damien dans ses bras aussi fort qu'il le put.

— Profites-en bien, le prévint-il avec un brin d'amusement pour détendre un peu l'atmosphère, les deux prochaines et dernières fois que tu auras le droit de m'enlacer comme ça, ce sera à mon enterrement de vie de célibataire et à mon mariage.

Damien tremblait toujours contre lui.

— J'ai l'impression d'être dans un mauvais feuilleton télé…

C'était impossible autrement… Son meilleur ami se mariait et lui venait d'apprendre que l'homme qu'il fréquentait avait fait partie de la bande ayant tué son ex-fiancé… Il ne pensait pas que ce genre de choses arrivaient vraiment…

— Et je suis le pire Dom qu'il puisse exister…

Son ami recula d'un pas pour pouvoir le regarder droit dans les yeux tout en le tenant par les épaules.

— Tu n'es pas un mauvais Dom, le rassura Devil, tu as fait ce qu'il fallait faire. Ce Travis et les autres qui ont fait ça à Warren, quelles qu'aient été leurs raisons, doivent payer pour ça. Tu ne pouvais pas protéger Cole. Tu ne peux pas le protéger de son passé, Dam'. En fin de compte, c'est toi qui devras décider si tes sentiments valent la peine que tu tires un trait sur le reste. Si tu décides de tirer un trait sur lui, soit. Mais si tu veux rester son Dom, sois là pour lui. Je sais que c'est difficile, mais la situation doit l'être tout autant pour lui que pour toi.

Damien savait qu'il n'oublierait jamais Warren et que ce n'était pas ce que lui demandait Cole, mais il était effrayé à l'idée de toujours comparer le jeune homme à son ancien amant. Cependant, une fois que le procès serait clos et que les sentences auraient été distribuées, Damien avait espoir que Warren puisse enfin reposer en paix et que cela lui permettrait d'aller de l'avant.

— Tu as probablement raison…, souffla-t-il.

— Mais il te faut d'abord et avant tout prendre ton temps. Tout ça est si soudain. Personne ne s'attend à ce que tu reparles à Cole tout de suite, ni que tu lui pardonnes tout. D'ailleurs, tu veux que je demande à Terrence de s'occuper du bar ce soir ? Pour avoir travaillé pour toi quelque temps, il sait comment ça fonctionne et il sera ravi de faire ça pour toi. Tu n'es pas en état d'aller travailler maintenant.

Damien secoua la tête.

— Je pense que je préfère y aller, en fait. M'occuper du bar m'aidera à penser à autre chose.

Quand il se noyait dans l'ouvrage, il pouvait occulter ce qui allait mal. À la mort de Warren, il était devenu un véritable bourreau de travail. Au point où le bar empiétait sur sa vie privée et ses relations personnelles. Avec les années, il avait su prendre un peu plus de recul et il avait appris à déléguer certaines tâches, même si son club occupait toujours une grande part de sa vie.

— Fais ce que tu penses être le mieux et n'oublie pas que tu peux m'appeler quand tu veux, à n'importe quelle heure du jour ou de la nuit si tu ne te sens pas bien ou si tu as besoin de quelque chose. Je ne vais très certainement pas laisser mon meilleur ami à lui-même alors que tu es dans un état pareil ! Et ne laisse surtout pas ton ego prendre le dessus ! Je ne veux pas te ramasser à la petite cuillère complètement soûl et pleurnichant à 4 heures demain matin parce que tu auras refusé de me rappeler !

Ça, c'était dit.

— Ouais, merci d'être venu et pour tout, murmura Damien en soufflant un grand coup pour se remettre de ses émotions. Je dois avoir une sale gueule, je vais aller prendre une douche bien froide avant d'aller au club.

— Entendu. Je t'attends ici. Tu peux peut-être travailler, mais tu n'es pas en état de conduire, alors je t'y emmène.

Damien maugréa. Ça le faisait chier d'être pris en pitié et que l'on s'occupe de lui comme s'il était impotent, mais il savait que Devil avait raison. S'il conduisait maintenant, il y avait toutes les chances pour qu'il ait un accident. Il n'avait pas du tout la tête à ça.

Il s'enferma dans la salle de bains et laissa l'eau glacée de la douche l'extirper de sa noirceur.

22

Tequila. Cosmopolitain. Vodka. Rhum and coke. Martini. Bloody Mary.

Damien avait enchaîné les cocktails et les verres toute la soirée sans réfléchir, machinalement. Il se faisait l'effet d'un robot dénué de toute émotion. C'était parfait ainsi.

Il n'avait pas envie de parler. À personne. S'emmurer dans le silence et des gestes qu'il connaissait par cœur le détendait. Ça avait quelque chose de familier, de relaxant...

À 4 heures du matin, il n'avait pas bu plus que nécessaire avec les clients et il tenait toujours sur ses jambes. *Devil va être content*, songea-t-il avec un rictus. En vérité, il aurait préféré être assez torché pour ne penser à rien.

Après avoir fermé boutique, il passa un coup de fil à son ami pour lui dire qu'il avait terminé. Il détestait ne pas être indépendant. Il aurait pu rentrer chez lui en métro, mais ça aurait pris une éternité. Comme il n'avait pas sa voiture, Devil restait la meilleure option. Et il savait que s'il s'effondrait avant d'avoir franchi la porte de la maison, son ami serait là pour le soutenir.

Devil fut là en moins de temps qu'il n'en fallut pour le dire et le ramena chez lui.

Dans la voiture, Devil jeta un regard inquiet à son ami, compatissant aussi.

— Tu as besoin que je reste avec toi cette nuit ?

Sa voix était douce. Une part de lui voulait que Damien

accepte. Ils avaient toujours été là l'un pour l'autre avant. Il n'avait pas envie que son ami fasse une connerie s'il le laissait seul, mais il ne pouvait pas non plus le forcer à accepter sa présence. Dans tous les cas, il s'en faisait pour lui. Il ne l'avait plus vu comme ça depuis la mort de Warren.

— Non, ne te dérange pas pour moi.

— Tu es sûr ? Parce que tu ne me déranges pas, Dam', *jamais*. Et Terrence est capable de se passer de moi pour une nuit.

Damien se crispa.

— Je te dis que ça va aller. Je vais m'en sortir.

Il savait que Devil ne voulait que son bien et que son ami s'inquiétait pour lui… mais il n'avait pas assez d'énergie pour le conforter. Tout ce qu'il voulait, c'était être seul.

— Si tu le dis, je te fais confiance. N'hésite pas à me rappeler si ça ne va pas et j'arriverai.

— Ce doit être la dixième fois que tu répètes ça…

Devil sourit.

— C'est parce que c'est vrai.

Il mit une main sur la poignée et poussa la portière pour sortir de la voiture.

— Bonne nuit.

— Bonne nuit à toi aussi.

Ouais… ça, c'était à condition qu'il arrive à dormir. Damien était persuadé qu'il passerait tout sauf une bonne nuit. Il entra chez lui et regarda la voiture sportive noire de Devil disparaître dans l'obscurité en soupirant.

Il enviait un peu son ami. Ce devait être bien d'avoir quelqu'un pour l'attendre tous les soirs à la maison… et dire que Devil allait se marier ! Il parvenait à peine à y croire ! Dix ans auparavant, quand ils étaient devenus amis, Devil ne lui avait pas du tout donné l'impression d'un gars qui se poserait un jour avec une seule personne et se marierait. Tout cela lui paraissait invraisemblable… et pourtant ! Il fallait croire que les choses changeaient et que les gens vieillissaient. Le temps passait à une vitesse fulgurante. Il avait l'impression d'avoir fermé les yeux, une fois, et de s'être réveillé à trente-six ans la seconde d'après.

Aux alentours de 6 heures du matin, il n'avait toujours pas fermé l'œil par peur de s'abandonner à ses démons nocturnes. Il fut alors surpris par le bruit de sa sonnette. Qui donc venait cogner à sa porte si tôt ? Peut-être Devil qui s'inquiétait... À bien y penser, c'était sûrement lui.

Il eut la surprise de sa vie quand il reconnut Cole sur le pas de sa porte qui lui sourit piteusement. Le jeune homme avait l'air aussi mal en point que lui, si ce n'était pas plus. Ses yeux étaient rouges, il avait des cernes, les traits tirés et les cheveux en désordre. Il n'avait pas l'air de grand-chose.

— Qu'est-ce que...

Il ne savait plus comment réagir. Il avait autant envie de le frapper que de l'enlacer. Alors, il ne fit rien.

— J'ai fait ma déposition et j'ai payé une caution. Je me doutais que vous n'auriez pas envie de me voir ou de me parler et que vous ne répondriez pas au téléphone, donc j'ai préféré venir directement ici. Je viens tout juste d'être relâché. Le procès est dans moins de deux semaines. Je vais probablement aller en prison. C'est peut-être mes deux dernières semaines de liberté avant de longs mois...

Il fit une pause, et Damien remarqua le frisson horrible qui traversa Cole des pieds à la tête. Il lui en voulait pour ce qui était arrivé à Warren, même s'il n'était pas celui à avoir directement porté les coups. Cependant, à cet instant, tout ce dont il avait envie, c'était de le prendre dans ses bras et de le réconforter. Cole lui paraissait si fragile. Pour autant, il ne bougea pas.

— J'ai peur..., murmura-t-il du bout des lèvres en tremblant. La prison me fait peur... Ça me donne la nausée. C'est pour cette raison que j'aimerais passer ces deux semaines avec vous. Si je dois emporter quelque chose avec moi, je veux que ce soit ce souvenir-là.

Quand Damien regardait Cole, des tas d'émotions contradictoires se fracassaient à l'intérieur de lui. Le désir de prendre soin du soumis, mais aussi la colère et la tristesse. À vrai dire, le moment était chargé de tant d'émotions qu'il était difficile de toutes les nommer.

— J'ai besoin de temps, Cole.

Il n'arrivait pas à effacer de son esprit que l'homme qui se tenait devant lui était présent lors de l'assassinat de Warren. Même s'il n'avait porté aucun coup.

— Je comprends, répondit le plus jeune, l'air déçu, c'est parfaitement normal... et je comprendrais si vous vouliez couper les ponts. Ce que j'ai fait était atroce et je veux que vous sachiez que je ne passe pas une seule seconde sans me sentir coupable...

— Je te crois... mais en ce moment, j'ai surtout besoin d'être seul. Alors, rentre chez toi, s'il te plaît, je t'appellerai si j'en ai envie quand j'aurai les idées plus claires que maintenant.

Pour l'instant, tout était encore trop mélangé dans sa tête.

Cole hocha tristement la tête.

— D'accord...

Il tourna les talons, et Damien le regarda s'éloigner en sentant son cœur se serrer douloureusement dans sa poitrine.

Pourrait-il un jour arriver à contempler Cole sans l'associer à la mort de Warren ? Pourrait-il parvenir à le regarder dans les yeux et à voir l'homme courageux et juste qu'il était ?

23

Il plaiderait coupable. Après le procès, il aurait un dossier criminel et ne pourrait plus exercer le métier pour lequel il avait fait de si longues années d'université. Tout l'argent que son père avait investi en lui : gaspillé. Il perdrait son job. Après le procès, Travis et les autres iraient forcément en prison et lui en voudraient à mort. Il perdrait ses amis. Mais le plus dur... après le procès, il allait perdre Damien.

En marchant dans la pénombre, Cole porta une main à son cou et toucha son collier. Au début, il l'avait repoussé parce qu'il était épais et peu subtil, mais maintenant... il voulait que personne au monde ne puisse le lui retirer. Même s'il allait en prison, il le garderait. Ce serait son seul lien avec l'extérieur et le seul morceau de Damien qu'il emporterait. En gardant la preuve matérielle de sa soumission, il espérait pouvoir s'en montrer digne, même dans les moments plus sombres et difficiles qui l'attendaient.

Damien frappa tellement fort le mur que son poing laissa une démarcation dans le plâtre. Se contrôler alors que Cole était juste devant lui avait été plus difficile qu'il ne l'aurait imaginé.

Il n'aurait fallu que de quelques instants de plus pour que le mur soit le visage de Cole.

Il avait longtemps rêvé de tabasser ceux qui avaient fait ça à Warren. Il y avait longuement pensé, imaginant toutes sortes de manières de les torturer et de leur faire payer leur crime.

Pour lui, la prison était encore trop douce pour les criminels. Mais maintenant… il ne pouvait se résoudre à violenter Cole. Il n'aurait aucun problème à passer à tabac Travis ou ses amis, mais Cole… mais Cole, c'était autre chose.

Il était tellement partagé ; tout était si contradictoire. Pourquoi fallait-il que ce soit lui ? Il devait y avoir quatre millions d'hommes à New York, alors pourquoi fallait-il que ce soit lui ? Le hasard était-il donc cruel au point de lui jouer de si mauvais tours ? Et en parlant de mauvais coups du destin, après avoir perdu Warren, voilà qu'on lui enlevait Cole… Qu'avait-il donc fait pour mériter ça ?!

Il se sentait furieux… et incroyablement impuissant. Il ne pouvait rien faire.

D'un côté, il avait envie de protéger son soumis, mais de l'autre… il avait envie de lui foutre son poing dans la gueule. Parce que c'était tout ce que méritaient les criminels.

Il décida qu'après avoir dormi un peu il aurait les idées plus claires. Il crevait de sommeil.

Au réveil, Damien prit conscience qu'il n'avait dormi que trois heures. Il pensait trop pour dormir.

Décidé pourtant à faire le ménage dans sa tête, il sortit faire un footing matinal pour se défouler. Frapper un mur n'était pas recommandé, alors il y préférait la course à pied. Ensuite, il irait à la salle de sport pour cogner un vrai punching-ball. Il y avait un club de boxe fréquenté par Devil et Caspian dans les environs. Pour autant, il n'espérait croiser aucun de ses deux amis. Il n'avait pas la tête à parler.

Le sac de sable prit tantôt le visage de Travis, tantôt celui de Cole. À la fin, il n'était plus certain de qui il s'imaginait frapper. Mais une chose était sûre : il était vidé de ses forces. Ce qui n'était pas plus mal parce qu'être vidé de son énergie lui évitait de trop réfléchir.

Maintenant qu'il avait évacué une grosse partie de sa colère, il se sentait bien plus serein. Il s'assit pour faire une pause et souffler un peu. Il prit une gorgée d'eau dans sa gourde et son regard se perdit dans le vide, tandis qu'il devenait pensif.

Il y a trois ans… il se souvenait de ce jour-là dans les moindres détails. Ce n'était pas quelque chose que l'on pouvait facilement oublier. Il y avait eu un moment où ça n'allait plus très bien entre Warren et lui parce qu'ils voulaient des choses différentes. Warren n'était pas un soumis de nature et il désirait avoir plus de rapports vanille, que Damien cesse d'être un Dom. Il voulait Damien sans Demon. Ils s'étaient disputés à cause de ça. Le BDSM était une partie de Damien, son mode de vie, ce n'était pas quelque chose qu'il pouvait cesser d'être du jour au lendemain… Il savait que pendant leur séparation Warren avait vu d'autres hommes – tout comme lui-même l'avait fait –, mais il était loin d'imaginer que ça avait été si loin avec l'un d'entre eux… Warren était revenu si facilement avec lui quand il lui avait finalement promis de faire des efforts et l'avait demandé en mariage parce que, malgré tout, il l'aimait. Il ne pouvait pas s'imaginer qu'Éric se suiciderait après son départ…

Il soupira en revenant à la réalité et secoua la tête.

Cole ne lui avait jamais demandé de modifier sa façon de vivre pour lui, ni de renier ce qu'il était et les pulsions qui l'habitaient.

Sur cette pensée, il réalisa qu'il ne pouvait pas se permettre de perdre ses sans doute deux dernières semaines avec le jeune homme. Il s'agissait peut-être de sa dernière chance. Après, il serait trop tard… La justice se chargerait de faire payer Cole pour son crime, ce n'était pas à lui de le faire. Il n'avait donc pas à jouer les justiciers masqués, ni même à s'en préoccuper. Les choses entreraient d'elles-mêmes dans l'ordre. Il n'avait pas à se sentir coupable parce que Cole purgerait sa peine, quelle qu'elle soit.

La seule chose qu'il lui restait donc à surmonter était son propre pardon. Pourrait-il pardonner la mort de Warren ?

Il n'y avait qu'une seule façon de le savoir. Il devait rappeler Cole dans son donjon. Ils devaient se purger tous les deux et ils avaient chacun des choses à se dire que seuls leurs corps pourraient exprimer.

24

Autant Damien ne voulait pas perdre une seconde de ces deux précieuses et dernières semaines, autant il avait attendu encore une semaine avant de recontacter Cole. Il avait eu besoin de temps pour digérer tout ça et s'assurer qu'il se contrôlerait face à son soumis. Il voulait encore être un bon Dom.

Il avait laissé un message froid et concis sur le répondeur de Cole :

« Salut, c'est Demon. Si tu es toujours intéressé, viens chez moi demain soir, je ne travaillerai pas. »

En entendant le message, Cole avait senti des frétillements dans son estomac. Son cœur s'était serré. Il avait attendu tellement longtemps pour entendre ces mots… Il avait même fini par perdre espoir que Demon puisse lui pardonner un jour. Pourtant, ils étaient là, ces quelques mots sur le répondeur. C'était bon signe, non ?

Sans avoir perdu une seconde, le cœur battant de nervosité et sans savoir quoi attendre de ces retrouvailles inespérées, il était sur le pas de la porte de chez Demon. Quand le Dom lui ouvrit, leurs regards s'affrontèrent silencieusement durant quelques minutes puis, dans le même mutisme, l'homme le laissa entrer.

— Que les choses soient bien claires : tu m'as menti, tu m'as trahi et je suis en colère.

Les grands yeux bleus de Cole s'écarquillèrent. Il ne s'attendait pas à ce que le Dom soit aussi… direct. Néanmoins, tout ce qu'il avait dit était vrai. Il pouvait difficilement le contredire… Pourtant, Damien ne semblait pas aussi en colère ni aussi troublé que la dernière fois où il l'avait vu.

— Je suis désolé…, murmura-t-il du bout des lèvres.

Pouvait-il dire autre chose ?

Soudain, avant qu'il n'ait eu le temps de réagir, le poing de Damien s'écrasa dans sa mâchoire. Il cria sous la surprise, puis agrippa son visage à deux mains pour calmer la douleur qui pulsait sous sa peau où allait sûrement se former un hématome.

— Merde, ça fait du bien ! s'exclama Damien en se frottant les jointures rougies.

Maintenant qu'il avait fait ça, il se sentait beaucoup mieux.

— Ça ne faisait pas partie de la séance à laquelle je t'ai convié, au cas où tu te demanderais, c'était purement personnel.

Et terriblement soulageant. Il avait réglé son problème avec la petite voix au fond de lui qui avait envie de massacrer ceux qui avaient tué Warren, alors il pouvait dorénavant s'occuper du reste.

— Putain… ça fait mal, gémit Cole en massant sa mâchoire.

— Rien de moins que ce que tu méritais. Et si tu penses que, *ça*, ça fait mal, tu n'as encore rien vu de ce qui t'attend ce soir…

Le jeune homme frissonna des pieds à la tête. Le ton glacial et rauque de Demon avait suffi à lui donner des sueurs froides. Il avait l'air tellement sérieux et sombre… Cole n'était soudainement plus aussi certain de lui. Il déglutit et força ses jambes à marcher derrière le Dom. Il descendit l'escalier, s'enfonçant dans la noirceur du donjon de Demon, la boule au ventre.

— Tu connais les règles : déshabille-toi et agenouille-toi au milieu de la pièce, mains derrière le dos.

Demon parlait toujours aussi froidement, d'un air détaché et nonchalant à la fois, pour éviter de trop s'impliquer émotionnellement pour le moment. Son coup de poing l'avait calmé, mais il était toujours effrayé à l'idée de perdre le contrôle.

Cole prit une inspiration, puis se dévêtit aussi vite qu'il le put sous les yeux de Demon qui l'analysaient. Il se retrouva bien vite nu sur le sol en position. La tentation était grande d'observer ce que préparait son Dom, mais d'un autre côté il n'était pas certain de vouloir savoir… Il courba donc l'échine et fixa le sol avec nervosité.

Il entendit le claquement des chaînes, le métal qui s'entrechoquait, le bruit des pas de Demon qui se rapprochait.

— Je ne sais pas jusqu'où je pourrais aller aujourd'hui, alors… est-ce que tu te souviens de ton mot de sécurité ?

— Oui, mais j'aimerais en changer.

Le Dom afficha un regard interloqué.

— » Rouge » n'a pas de signification personnelle. Il n'est pas assez puissant et je pourrais être tenté de l'utiliser trop à la légère. Je veux un *safeword* qui soit vraiment mien et que je ne serai pas tenté d'utiliser à moins d'être vraiment à ma limite.

— Il est vrai que « rouge » est un mot de sécurité plutôt commun et qu'il n'est pas personnalisé. C'est moi qui te l'ai donné la première fois. Que choisirais-tu à la place ?

Cole eut quelques secondes d'hésitation. En vérité, il y réfléchissait depuis déjà plusieurs jours, mais il ne savait pas comment le Dom réagirait face à son choix.

— » Warren »…, souffla-t-il.

Demon se figea, sous choc.

— Je sais qu'en entendant son nom, vous vous arrêterez, justifia le soumis, et comme il est impossible que vous l'oubliiez…

Il savait aussi qu'il n'utiliserait jamais le prénom de « Warren » à la légère, c'était bien trop important aux yeux de son Dom pour qu'il ose.

— Si c'est ce que tu veux…

Demon refusait de laisser paraître son trouble. Il ferma les yeux pour se ressaisir et secoua la tête.

— Parfait, dans ce cas, commençons.

Il passa derrière Cole, et ce dernier sentit la morsure du métal, alors que ses poignets étaient menottés sur ses cuisses. Damien s'éloigna pour se diriger vers le fond de la pièce. Il activa une poulie et de grosses chaînes solides descendirent depuis le plafond. Il se saisit des crochets qui finissaient les chaînes et les attacha aux menottes. Il réactiva le mécanisme et la poulie tourna dans le sens inverse.

Cole laissa échapper un cri de surprise quand il se sentit soulevé de terre. À la fin, le bout de ses orteils touchait à peine le sol. Tout son corps était tendu et ses épaules le faisaient déjà souffrir.

Demon noua un bandeau derrière sa tête, et son monde fut plongé dans le noir le plus total.

Le Dom se sentait plus libre avec ce bandeau. Il n'avait alors pas l'impression que ces *fichus* yeux bleus le regardaient et le jugeaient tout le temps.

La seconde suivante, Cole sentit quelque chose de doux et de léger l'effleurer. Ça chatouillait un peu. Il frissonna et gigota, mais il ne pouvait pas y échapper. Il était presque sûr qu'il s'agissait d'une...

— Une plume, gronda Demon près de son oreille.

Il sembla que la voix s'immisçait jusqu'à ses os. La plume se déplaça le long de son torse jusqu'à l'intérieur de ses cuisses. Il tressaillit, tandis que Damien chatouillait son périnée, puis la raie de ses fesses. Un couinement lui échappa, et le Dom agaça sa queue avant de changer d'instrument.

La douceur de la plume fut soudainement remplacée par quelque chose de terriblement froid qui le fit immédiatement sursauter. De la glace ! Cole n'avait pas besoin de voir pour reconnaître la sensation des cubes glacés contre sa peau. Il se mordit la lèvre.

— Ne te retiens pas, je veux t'entendre gémir. Ton corps est tellement chaud qu'il fait fondre la glace...

Demon fit descendre le glaçon jusqu'à son cul et le poussa lentement à l'intérieur. Cole glapit en sentant la froideur se répandre en lui.

— Nous aurions dû te lubrifier de cette façon bien avant... ton corps aspire les glaçons...

La main du Dom lui gifla les fesses, lui arrachant un cri surpris. Il se prit une autre claque pour la peine.

— Ta peau est toute rouge, mais ne t'inquiète pas, nous avons de quoi te rafraîchir, après tout…

Avec le bandeau, il semblait à Cole que chaque sensation était amplifiée par trois. Le cuir du martinet dansa ensuite sur son torse avant de frapper sèchement. Les languettes claquèrent sur son torse, dans le creux de son dos, sur ses cuisses et sur ses fesses. Ce n'était qu'un léger pincement à chaque fois, mais la répétition de ces gestes – comme la fessée – rendait l'épreuve de plus en plus douloureuse. D'autant que Demon n'y allait pas de main morte… Sa peau se marquait de zébrures et la pièce était remplie de ses cris.

Quand Damien se débarrassa du martinet, Cole brûlait autant de l'intérieur que de l'extérieur. Il avait l'impression que sa peau était en flammes ! Une bonne raison pour le Dom de ressortir les glaçons.

En vérité, il les prenait dans un seau qu'il avait rempli d'eau glaciale et de glaçons au préalable. Il avait également un second contenant avec de l'eau bouillante. Tout cela dans le but de jouer à un jeu chaud/froid.

Il se saisit d'un plug en verre et le laissa tremper dans la bassine froide durant une trentaine de secondes avant de le sortir et de toucher la peau de Cole avec. Le verre avait cette capacité de retenir très facilement les températures. Celui du plug était désormais glacé.

Le soumis sursauta et frissonna quand le jouet glacial fut appliqué sur ses zébrures.

— Alors… que préfères-tu, Cole ? Le chaud ou le froid ? Avec lequel veux-tu être baisé ?

Le jeune homme était trop occupé à gémir pour répondre. Damien prit donc la décision à sa place. Il immergea le plug dans le second seau et vint en presser la pointe contre l'orifice palpitant de l'avocat. Il poussa ensuite d'un seul coup le jouet à l'intérieur, arrachant un hurlement à son partenaire.

Cole avait si chaud… c'était comme s'il bouillonnait de l'intérieur. Le Dom commença alors à réellement le baiser avec le plug, un aller-retour après l'autre, étirant et pillant le conduit étroit de ses chairs. Des larmes s'accumulèrent dans le coin des yeux de Cole sous le bandeau.

— Monsieur…, gémit-il.

En vérité, il aurait préféré être baisé par Demon. Il n'avait rien à faire d'un vulgaire jouet en verre.

— S'il vous plaît, prenez-moi.

Le Dom s'arrêta un instant.

— Tu n'es pas en droit de me donner des ordres et depuis quand supplies-tu pour être baisé ?

— Je veux que les choses redeviennent comme avant… je veux vous sentir en moi…

De cette manière, il pourrait enfin se dire que Demon lui pardonnait. Du moins, en partie.

— Tu n'as qu'à imaginer que c'est moi qui te baise, rétorqua froidement le Dom en pressant ses hanches contre les fesses de Cole rien que pour le narguer, je suis presque aussi gros que ça.

Mais c'était loin d'être suffisant. Demon continua de le baiser avec le plug et le soumis ressentit les fourmillements de l'orgasme à venir dans le bas de son ventre. Sa queue était déjà tendue contre son ventre ferme, prête pour la délivrance. Et les larmes roulaient librement le long de ses joues.

Demon ne lui pardonnait rien. Il se contentait de dire des choses salaces et d'agir en Dom. Il se purgeait peut-être lui-même, mais Cole ne se sentait pas du tout délivré. Au fond, peut-être ne méritait-il que ça…

Il jouit en poussant un cri déchirant, à mi-chemin entre la souffrance et la jouissance.

— *Warren* ! cria-t-il.

Il pleurait franchement et tremblait.

— Je m'en fiche ! Frappez-moi autant que vous le voulez, je le mérite, mais enlevez-moi ce *putain* de bandeau et regardez-moi dans les yeux en le faisant !

Frappé de stupeur, Demon arrêta tout. Sa mâchoire était serrée, ses muscles tendus et il sentait son membre durci dans son pantalon. Malgré tout, il se stoppa. Il devait respecter les droits du soumis, son *safeword*. Il n'était pas assez con pour avoir oublié cette règle-là.

Doucement, il détacha le bandeau et le laissa tomber au sol. Ses prunelles ambrées rencontrèrent alors celles bleutées et noyées de larmes de son vis-à-vis. Soudainement, il sentit son cœur se fendre en deux. Comment pouvait-il faire subir ça à Cole ?

Sans réfléchir, il agrippa la nuque du soumis et noua ses lèvres à celles de son compagnon.

25

Ils terminèrent leur étreinte à l'étage, dans le lit de Damien. Il n'était alors plus question de plug, de chaînes, de glaçons ou de menottes. Il n'y avait qu'eux, leur corps et leurs désirs.

Le Dom le fit rouler sur le dos, capturant ses poignets au-dessus de sa tête d'une seule main, parce qu'il voulait voir les yeux de Cole quand il lui ferait l'amour. Il n'était plus question de s'en cacher. Sa bouche couvrit voracement la sienne, alors qu'il luttait avec la boucle de sa ceinture de sa main libre. Quand elle eut lâché, ses doigts se débattirent avec la fermeture Éclair de son pantalon qu'il fit ensuite descendre sur ses cuisses musculeuses. Son désir était tellement pressant qu'il ne prit pas le temps d'enlever son haut. Il n'avait qu'une seule envie : s'enfouir en Cole.

Le plus jeune frissonna quand Damien effleura ses côtes, puis souleva sa taille pour glisser un oreiller sous ses hanches. Il était bon de voir que son Dom se souciait encore un peu de son confort.

Le plus âgé déposa une des chevilles de Cole sur son épaule, se dégageant la voie vers l'intimité de ce dernier. Il se pencha pour déposer des baisers le long du torse, puis de la clavicule du jeune homme, mordillant la peau de son cou jusqu'à y laisser des marques violacées.

Le soumis releva la tête, offrant sa gorge aux attentions de son Dom qui la maltraitait de toutes les façons possibles. Les doigts de Damien vinrent s'appuyer contre ses lèvres.

— Suce-les, lui ordonna-t-il.

Cole ouvrit la bouche, et sa langue lécha l'index et le majeur qui lui étaient présentés. Le Dom retira ses doigts et les pressa contre l'orifice de son compagnon. Ce dernier gémit en balançant les hanches à leur rencontre. Damien sourit, amusé et salace.

— Pas tout de suite, bientôt, promit-il devant l'impatience évidente de son partenaire.

Après s'être assuré que Cole était bien assoupli et ouvert, il retira ses doigts, provoquant un grognement de mécontentement de la part de l'avocat qui se sentait vide d'un coup. Damien déroula un préservatif sur son sexe, puis empoigna la base de son membre et poussa son gland contre l'intimité de son partenaire.

— Oh ! mon Dieu ! cria Cole, alors que son Dom s'enfouissait en lui jusqu'à la garde d'un seul coup de reins.

La queue de Damien épousait parfaitement ses formes, c'était comme si leurs corps avaient toujours été faits l'un pour l'autre, s'imbriquant comme les pièces d'un puzzle.

Le Dom se recula, puis le pénétra une nouvelle fois de toute sa longueur. Le plus jeune se sentit défaillir. Son compagnon savait comment toucher sa prostate à chaque coup.

Il recommença plusieurs fois, plantant ses doigts dans les hanches de Cole pour s'assurer une meilleure prise et se donner un élan plus puissant. Il grogna en sentant la chaleur de son partenaire l'envelopper et son étroitesse l'attirer de plus en plus loin à l'intérieur.

— Tu es si bon, Cole ! Si étroit pour moi !

Le soumis assailli n'arrêtait plus de gémir et de crier, incontrôlable.

— Encore ! supplia Cole en sentant des vagues de plaisir le submerger à chaque poussée.

Il ne voulait plus que la queue de Damien le quitte ! C'était si agréable de se sentir pilonné de cette manière. Il avait l'impression d'être enfin – pour une fois – quelque chose de précieux entre les mains de quelqu'un. Il arqua le dos et balança son bassin pour suivre les mouvements de son Dom.

Le claquement des peaux, les grognements rauques, les gémissements et les cris remplissaient la pièce.

— Mets-toi sur le ventre, grogna Damien à son oreille en lui relâchant brièvement les poignets.

Cole, excité, se retourna pour obéir aux ordres de l'homme sexy qui lui les donnait et se hissa sur les genoux pour mieux offrir son cul à son Dom. Le sexe de l'homme le pénétra, profitant du nouvel angle de pénétration qu'offrait la position pour le toucher encore plus profondément. Il avait l'impression de sentir Damien jusque dans ses entrailles.

Le plus âgé lui embrassa la nuque, descendant le long de sa colonne vertébrale arc-boutée. Les mains de Cole agrippèrent les draps au point où ses jointures en devinrent blanches, alors que le barman utilisait ses doigts afin de martyriser ses tétons. Les bouts de chair rosée s'érigeaient et se tordaient avec délice entre son pouce et son index. Et ils n'étaient pas les seuls ! Cole se tortillait et frétillait sous les assauts répétés de son dominant.

Soudain, sans prévenir, Damien mordit son épaule, y laissant la trace bien visible de ses dents. Cole cria, alors que le plaisir et la douleur se déversaient en lui comme un dangereux cocktail explosif.

Ce qui lui porta le coup de grâce, ce fut quand le Dom enroula sa main autour de sa hampe pour le branler, tandis qu'il continuait de le baiser. Les sensations qui montèrent en lui étaient presque trop fortes ! Il ne tint pas plus de trois minutes avant de jouir, tremblant. Il entraîna Damien à sa suite et le sentit pulser en lui. Cole frissonna et s'effondra sur le lit, laissant Damien choir contre son dos.

— Nous aurions dû faire cela bien avant..., soupira l'avocat. C'était de loin la meilleure des réconciliations.

— Je vais chercher un linge pour nous nettoyer.

Cole lui attrapa le poignet.

— Non, restez.

Il aurait voulu demeurer ainsi une éternité. Damien parut y songer quelques secondes, mais il abandonna le débat et ne bougea pas. Puis, après un moment, il roula sur le côté pour que Cole puisse enfin respirer et se blottir contre son torse, alors qu'il était toujours à l'intérieur de lui.

Exténués par leur séance et par le sexe, ils s'endormirent rapidement.

Damien se trouvait dans une ruelle vide, froide, glaciale. Il ne savait pas où. Il n'avait pas souvenir d'être déjà venu dans un tel endroit.

— Alors, que choisis-tu ?

La voix grave le fit sursauter. Il se retourna et regarda le ciel noir pour tenter d'y voir quelque chose. En vain.

— Hein ? Qui a parlé ?

Il fit un tour sur lui-même et, en revenant à son point de départ, le décor avait changé. Il se trouvait maintenant dans ce qui avait l'air d'être une salle d'audience, comme pour un procès.

— Qui choisis-tu ? répéta la voix. Qui condamneras-tu ?

— Qu'est-ce que... Je ne comprends pas !

— Regarde ici.

Il obéit, et c'est alors qu'il les *vit.*

— Oh ! mon Dieu !

Warren et Cole étaient agenouillés côte à côte, les mains menottées derrière le dos. Un homme qui portait le visage de Travis mais également la perruque et la toge d'un juge se tenait derrière eux, une arme à feu en main.

— L'un d'eux doit mourir, répéta Travis. Si tu ne te décides pas, je serai forcé de tuer les deux.

Damien sentit son cœur se serrer.

*— Non ! cria-t-*il.

Il ne pouvait pas faire ce choix-là ! C'était bien trop cruel !

— Cesse de discuter !

Warren et Cole le regardèrent avec leurs grands yeux bleus.

Comment pouvait-il choisir ? D'un côté l'homme qu'il avait aimé d'un amour pur et sincère et, de l'autre, l'homme qui partageait désormais sa vie...

Sans réfléchir, il fit un pas en direction de Warren, l'amour de sa vie. Travis avait surveillé chacun de ses gestes.

— Tu as choisi ? Très bien.

Il pressa le canon de son arme contre l'arrière du crâne de Cole qui ferma les yeux.

— Je comprends, murmura-t-il en lui lançant un sourire triste.

Clac. Travis ôta le cran de sûreté, chargea son arme, prêt à tirer.

— Non, pas lui ! cria Damien, au désespoir.

Mais il était trop tard. La détonation résonna dans ses oreilles.

— Damien, Damien, Damien ! Vous faites un cauchemar !

Cole secoua son Dom pour qu'il ouvre les yeux ou qu'il se calme. Au beau milieu de la nuit, il s'était mis à gigoter, à crier et à murmurer des choses qui n'avaient aucun sens. Damien bougea un peu et parut se calmer quand le soumis glissa la main dans sa chevelure pour tenter de le détendre.

La respiration de Damien revint à la normale, et il passa une main autour de la hanche de Cole pour l'attirer à lui.

— Warren..., murmura-t-il, paisible, sans ouvrir les yeux.

Le cœur de Cole rata un battement, et il se figea, arrêtant de respirer.

26

Cole était un peu mal à l'aise, mais il décida de ne pas s'alarmer et de se recoucher. Il ne devait pas en faire tout un plat, après tout, Damien ne faisait qu'un mauvais rêve ! Mais il ne savait pas s'il devrait dire à son Dom qu'il avait prononcé le prénom de Warren et l'avait pris pour son défunt fiancé dans son sommeil…

Et il n'était pas le seul à être embarrassé. Le lendemain matin, Damien avait des souvenirs plutôt clairs de son rêve de la veille et il n'était pas question qu'il en glisse un mot à Cole ! De toute manière, ça ne voulait rien dire, ce n'était qu'un vilain cauchemar, non ?

Au petit déjeuner, perdus dans leurs pensées, ils ne disaient mot. C'est finalement Damien qui rompit le silence, cherchant à alléger l'atmosphère :

— J'ai remarqué hier, mais je ne te l'ai pas demandé : tu as commencé à t'entraîner ? Peut-être que c'est moi, mais j'ai l'impression que tu as l'air un peu plus… robuste.

Cole hocha la tête.

— Ouais… j'ai commencé à aller à la gym tous les jours, alors qu'avant j'y allais juste une ou deux fois par semaine pour me dégourdir de longues journées passées assis dans le cabinet, et je me suis aussi inscrit à des cours d'autodéfense. Ça va vous paraître idiot… mais je me prépare.

Damien haussa un sourcil.

— Tu te prépares ?

Le visage de Cole s'obscurcit brièvement.

— À la prison..., souffla-t-il très bas. J'irai peut-être, alors je préfère être prêt.

Il savait qu'il n'avait pas l'allure d'un lutteur et qu'il n'était pas effrayant du tout... Ce n'était pas pour autant qu'il avait envie de devenir la victime et la pute des autres prisonniers.

— C'est parce que tu penses à ça que tu as l'air perturbé ce matin ?

Cole sut qu'il ne pouvait pas garder son petit secret plus longtemps.

— Non... c'est vous... Hier soir, pendant que vous dormiez, vous m'avez enlacé et vous avez prononcé le nom de *Warren*...

Damien se figea, l'air à la fois choqué et surpris.

— Oh ! merde ! Je suis désolé, Cole !

C'était bien la dernière chose qu'il aurait voulu faire, mais il n'avait malheureusement aucun contrôle sur ce qui s'échappait de sa bouche, tandis qu'il dormait.

— Ça va... je comprends... vous ne l'oublierez jamais et ce n'est pas ce que je vous demande. Je suppose que les événements des dernières semaines ont dû faire resurgir tout ça à la surface...

En réalité, c'était bien plus douloureux que ce qu'il voulait bien laisser paraître. Or, il n'était pas con, il savait que le Dom *dormait* quand ça s'était produit. Il ne pouvait pas l'en blâmer.

— Je m'en veux tellement...

— Pas autant que moi, croyez-le.

Il soupira, secoua la tête, puis rajouta :

— C'est idiot, de toute manière... il a partagé votre vie pendant tellement longtemps que c'est normal que vous ayez toujours certains réflexes et ce n'était pas comme si vous aviez fait exprès ! Je suis au courant de tout ça.

— Mais ça t'a blessé et j'en suis sincèrement désolé.

Cole le croyait. Le visage de Damien paraissait profondément troublé. Le Dom détestait *perdre* le contrôle, même quand il dormait.

— Vous travaillez aujourd'hui ? demanda le soumis, soucieux de changer de sujet pour continuer de faire comme si rien de tout ça ne l'atteignait.

— Oui, ce soir.

— Et vous avez prévu quelque chose pour le restant de la journée ?

— Je dois préparer l'enterrement de vie de célibataire de Devil. Cette soirée doit être mémorable !

Ça n'aurait lieu que dans quelques semaines, mais il fallait s'y prendre d'avance pour les locations.

— Vous savez ce que vous allez prévoir ?

— J'ai bien des petites idées.

Il dirigeait un night-club BDSM, si quelqu'un savait comment s'amuser, c'était bien lui ! Et son meilleur ami méritait une fête qu'il ne risquait pas d'oublier. Peu importe ce que Damien vivait sur le plan personnel, il ne voulait pas laisser cela entacher ce moment si spécial et unique dans la vie de Devil.

— Et pour Terrence ? Vous vous chargez aussi de la fête ?

— Je m'en mets beaucoup sur les épaules, non ? Devil est mon meilleur ami depuis des années, alors je ne peux pas faire autrement qu'organiser son *bachelor's party*, mais Terrence ne connaît pas encore beaucoup de monde à New York… et en dehors de son Dom, je suis celui qui l'a le plus côtoyé et donc le mieux placé pour organiser ça en son honneur aussi.

Et, bien sûr, il devait cacher le contenu de la fête de Devil à Terrence et vice versa ! C'était bien plus compliqué qu'il n'y paraissait !

— Je peux vous aider, proposa spontanément Cole. Enfin, si ça vous arrange… Je ne connais pas très bien vos amis, mais ils ont l'air sympas et j'ai un peu d'expérience dans tout ce qui est paperasse et planification.

Gérer des dossiers, il savait le faire.

— Eh bien… si ça ne te dérange pas, ça me donnerait un gros coup de main, abdiqua Damien après un instant de réflexion.

Tu pourrais passer quelques coups de fil pour moi, afin de faire des réservations et de t'occuper des livraisons et des locations.

Ce serait comme avoir un assistant personnel. Damien ne voulait pas imposer ça à Cole qui connaissait à peine Terrence et Devil, mais maintenant qu'il se proposait… Il n'avait même pas besoin d'inclure ça dans les tâches obligatoires que son soumis devait exécuter pour lui !

Tandis qu'ils desservaient la table après avoir mangé, le plus âgé crut bon de mettre au clair quelque chose. Juste au cas où. Parce qu'il y avait réfléchi pendant qu'ils parlaient d'enterrement de vie de garçon. Il ne tenait pas à ce que son soumis se fasse des idées ou se sente mal à propos de ça. C'était de sa responsabilité, en tant que Dom, après tout.

— Cole, avant que l'on s'enfonce dans le travail et l'organisation jusqu'au cou, il faut que tu saches que je ne suis pas avec toi parce que je suis piégé par le passé et que tu ressembles à Warren. Vous n'êtes pas du tout pareils, en vérité. Je l'ai beaucoup aimé, c'est vrai, mais il n'est plus avec moi aujourd'hui et j'en suis conscient. Je ne recherche pas son fantôme à travers toi. J'en ai fini avec ça.

Il aurait pu ajouter autre chose, mais il n'était pas encore prêt à prononcer *les* trois petits mots. Les derniers événements étaient encore trop récents pour qu'il se le permette… Et ils avaient fait resurgir des souvenirs qu'ils auraient préféré ne jamais revoir ; c'était ce qui avait fait revenir le spectre de Warren, mais Damien n'avait jamais cherché à le remplacer. C'était juste qu'il repensait plus souvent à lui ces derniers temps, qu'aimer quelqu'un d'autre lui paraissait impossible, comme s'il le trahissait.

Néanmoins, les grands yeux de Cole s'écarquillèrent de bonheur, comme s'il peinait à croire ce qu'il venait d'entendre, même si c'était peu. Il en trembla presque.

27

Quand Cole s'était porté volontaire pour assister Damien dans l'organisation des enterrements de vie de garçon de ses amis, il ne s'attendait pas à devoir le faire *nu* ! Pourtant, c'était ce que l'avait obligé à faire son Dom, prétextant que travailler lui serait beaucoup plus facile s'il avait son petit assistant nu et dévergondé sur lequel poser les yeux de temps à autre. Cole ne pouvait décidément pas s'opposer à cette justification des plus sensées !

Au départ, sa nudité l'avait un peu embêté, mais il avait fini par s'habituer à la présence de son membre balançant entre ses cuisses. De toute façon, dès qu'il en avait l'occasion, Damien en profitait pour le taquiner un peu. De sorte que sa virilité ne demeurait jamais flasque très longtemps.

À la fin de la journée, ils avaient déterminé que, comme prévu, la fête se déroulerait au bar de Damien qu'il privatiserait pour l'occasion. Ils avaient réservé les services d'un traiteur pour la nourriture et d'un DJ pour la musique. Évidemment, le plus âgé avait aussi prévu quelques surprises pour son ami qu'il ne dévoilerait qu'en temps et en heure !

Cole avait vraiment l'impression que Damien avait commencé à lui pardonner et que leur relation pourrait redevenir ce qu'elle était avant toute cette histoire de procès, de trahison et de mensonges. Bien sûr, ces événements laisseraient toujours une cicatrice, mais la plaie ouverte commençait à se refermer. Le jeune homme n'espérait plus que le jugement que rendrait la cour au tribunal ne viendrait pas porter le coup fatal à leur lente et fragile guérison.

Enfin, pour le moment, il ne voulait pas trop y penser... S'il ne lui restait encore que quelques jours de liberté, il voulait en profiter au maximum.

Et avec un homme aussi sexy que Damien dans les parages, il n'avait pas à se plaindre.

— Je peux rester dormir ce soir ?

À vrai dire, il n'avait pas une grande envie de retourner chez lui... Il ne se sentait pas prêt à affronter les événements qui allaient suivre, du moins, pas en étant seul.

Damien le scanna du regard des pieds à la tête.

— Seulement... *dormir* ?

Les yeux du Dom brillaient de malice. Si bien que Cole ignorait quelle était la bonne réponse à donner.

— Ou tout ce que vous souhaiterez d'autre...

— Ça me paraît être une offre intéressante.

Damien devait évaluer la chose d'abord. Lui serait-il plus ou moins douloureux d'avoir Cole à ses côtés en attendant le procès ? Est-ce que cela altérerait son jugement ? Il ne pensait pas... Essayer d'accorder son pardon à Cole ne rimait pas à trahir Warren, si ? Les meurtriers auraient le sort qu'ils méritaient dans moins d'une semaine, *tous* les meurtriers...

Il se fit une autre réflexion : il voulait être un bon Dom et son soumis avait besoin de lui et de son soutien. Il entrait en quelque sorte en conflit d'intérêts..., mais il était important pour lui de conserver son statut de dominant compétent. Certes, ils étaient dans des circonstances exceptionnelles, mais il voulait être bon pour Cole. Surtout tandis qu'il traversait une pareille phase. Même s'il ne devait pas s'oublier au passage. Il ne pouvait pas aider quelqu'un d'autre s'il n'allait lui-même pas très bien.

Enfin, ce n'était qu'une nuit de plus... pas l'éternité !

— C'est d'accord, finit-il par répondre.

Le regard de Cole s'éclaira.

— Merci beaucoup ! Je dois uniquement passer chez-moi, prendre quelques affaires et régler un dossier ou deux au cabinet, puis je reviendrai ici.

Il était un bon avocat. Il savait aussi qu'il n'aurait plus la possibilité d'exercer s'il était déclaré coupable au tribunal, alors il préférait clore les dossiers qu'il pouvait fermer, mettre de l'ordre dans ceux qui resteraient inachevés pour que son assistant ou un autre puisse reprendre le travail ensuite et rappeler les clients pour lesquels il ne pouvait rien avant de perdre son autorisation du barreau.

Et de toute façon il devait aller chez lui pour prendre des vêtements de rechange, quelques produits de toilette comme son eau de Cologne, sa mousse de rasage, sa crème hydratante et son gel de douche.

— Je t'attends.

Cole se rhabilla sous le regard attentif de son Dom, puis le salua une dernière fois en partant.

Il éteignit la lumière de son cabinet avec un pincement au cœur. Il savait que c'était probablement la dernière fois qu'il venait ici… Si son assistant ne voulait pas acheter et récupérer ses dossiers, il mettrait le local à vendre. Peut-être qu'un autre avocat voudrait reprendre l'affaire ? Dans le pire des cas, il fermerait boutique… Au moins, la majorité des dossiers seraient clos ou en ordre. N'importe qui pourrait les récupérer sans problème.

S'il ne pouvait plus être avocat ? Que ferait-il ? Il n'en avait aucune idée… Il avait étudié toute sa vie pour ça et voilà qu'il allait tout perdre… Il n'avait pas d'autres compétences, pas d'autres diplômes. Aurait-il le courage de reprendre des études ? Il avait vingt-cinq ans, il n'était pas encore trop tard, non ? Sauf que ça coûtait cher… Si son père apprenait qu'il était gay, il ne pourrait plus compter sur son soutien financier. Peut-être qu'il pourrait se trouver un petit job de serveur en attendant.

Il devrait sûrement rendre son appart aussi parce qu'il n'aurait plus des revenus suffisamment élevés pour payer son loyer.

Il laissa échapper un long soupir. Chez lui, c'est avec tristesse qu'il ramassa ses affaires et remplit un sac de voyage. Puis, il retourna chez Damien, l'air déconfit.

— Tu as écrasé un chat dans la rue ou quoi ? Tu n'as pas l'air bien, lui fit remarquer son Dom.

Cole secoua la tête.

— Ce n'est rien... Je pensais juste au fait que j'allais tout perdre... Mon emploi, mon appartement, mes amis, mon père... Il ne me restera plus rien. Et j'ai bien failli vous perdre aussi.

— Mais je suis encore là.

— Oui... mais après le procès, vous n'en aurez peut-être plus envie...

— Je pense que tu me sous-estimes. Je sais ce que tu as fait et, si tu ne m'as pas menti, j'ai déjà toutes les informations nécessaires pour me forger mon propre avis sur la question. Le procès n'y changera rien.

Cole secoua la tête.

— N'en soyez pas si certain... Je ne vous ai pas menti, mais au procès, vous verrez les photos et les vidéos... Alors, votre avis pourra changer, croyez-moi.

Il ne les avait pas visionnées lui-même, mais il avait vu la scène de ses propres yeux et était en mesure de dire que ces vidéos étaient assez horribles pour que Damien ne lui parle plus. Voir Warren vivant, salement amoché, en sang... quelques minutes avant sa mort. Comment le propriétaire du bar pourrait-il ignorer ça ? Il était impossible de demeurer impassible devant pareilles preuves... Damien le détesterait après ça.

L'intéressé fronça les sourcils. Il n'avait plus pensé aux vidéos, à vrai dire... Il ne se sentait pas prêt à voir ça, mais il pensait aussi que c'était son devoir de le faire. Pour Warren, il devait se forcer à poser les yeux là-dessus.

— Nous verrons en temps et lieu, dit-il, pour le moment,

tu ne m'as pas perdu et nous devrions profiter du temps qui nous est alloué.

Surtout s'il ne leur restait que quelques jours à passer ensemble. Après, plus rien n'aurait d'importance… Si Cole allait en prison, qu'en aurait-il à faire, de l'opinion de Damien ? S'il pensait déjà avoir perdu tout ce qui avait un tant soit peu d'importance dans sa vie, s'il allait en prison, il n'aurait même plus sa liberté.

— Vous avez raison… Vous êtes mon Dom et il ne me reste peut-être que quelques jours à vivre en homme libre, alors je veux en profiter à fond : je veux faire le plus de choses possible.

S'il devait aller en prison, il ne voulait pas avoir de regret. Il voulait avoir des tas de souvenirs dans lesquels se plonger quand ce serait plus dur.

— Aidez-moi à y parvenir, s'il vous plaît.

Damien le contempla durant plusieurs secondes, l'air surpris par sa requête. Mais après un moment il hocha la tête. Cette course contre la montre leur serait bénéfique à tous les deux, leur évitant de trop penser au futur pour se concentrer sur l'instant présent.

— Très bien, je vais t'aider, mais prépare-toi : je ne serai pas tendre.

Avec un sourire, Cole se demanda s'il l'avait déjà été.

— Entendu.

28

Le Dom était allé récupérer la check-list que Cole avait remplie le jour où ils avaient signé leur contrat de soumission. En lien avec la demande qu'il avait formulée plus tôt, il avait proposé au soumis de revoir la liste. Le soumis avait tout relu, ajustant ses préférences en fonction de ce qu'il avait déjà fait ou non avec son Dom, aimé ou pas. Il prit conscience qu'il était beaucoup plus ouvert d'esprit et curieux que la première fois qu'il l'avait remplie.

Quand il eut terminé, Damien lui reprit le questionnaire des mains. Il parcourut en diagonale quelques-unes de ses réponses et hocha la tête.

— Parfait, je vais aller m'installer pour regarder tout ça et nous commencerons dès ce soir si tu me laisses le temps de préparer une scène adéquate.

Le soumis sentit des fourmillements d'excitation dans le bas de son ventre.

— Prenez tout le temps qu'il vous faudra.

Mais pas trop quand même, conclut-il mentalement. Après tout, il ne lui restait peut-être plus que quelques jours de liberté...

— J'y comptais bien ! Et interdiction de te toucher d'ici là ! le prévint sévèrement le Dom, fronçant les sourcils.

Si Cole avait eu envie de se branler en pensant à toutes les fantaisies que Damien pourrait lui faire, maintenant, c'était mort. Néanmoins, il pouvait toujours se consoler en se disant que, en vrai, ce serait toujours mieux ! Il n'aurait plus qu'à attendre la fin de la journée. Il ne s'était alors pas douté à quel point quelques heures pouvaient devenir longues !

Cole était rongé par la curiosité et l'excitation que provoquait son attente forcée. Damien avait décidé de tout préparer en secret dans sa chambre et lui en avait interdit l'accès jusqu'au soir, comme pour l'attiser davantage !

Il y avait tellement de choses différentes sur la check-list que Cole n'avait pas la moindre idée de ce que le Dom préparait. Son cerveau allait finir par exploser à force d'échafauder des scénarios ! Il y avait tout simplement trop de possibilités !

Plus tard, Damien déposa une pile de vêtements devant lui et lui indiqua :

— Enfile ça et ne pose pas de question. Ensuite, viens me rejoindre dans la chambre.

Le Dom disparut avant même qu'il ait eu le temps d'ouvrir la bouche. Il souleva le premier vêtement de la pile et se rendit compte qu'il s'agissait d'un genre de déguisement d'aristocrate anglais. Il y avait une chemise en lin avec de larges manches, un veston sans manches en velours orné de motifs floraux, une veste assortie, des souliers d'homme à talons, un pantalon bouffant et des collants blancs.

— Qu'est-ce que...

Qu'est-ce que tout cela signifiait ? C'était bien la question qu'il aurait aimé avoir eu le temps de poser !

Il grimaça devant les collants. Il savait bien que, à l'époque, les hommes portaient ce genre de vêtements et que, même aujourd'hui, des danseurs en portaient toujours, par exemple... mais il ne pouvait pas s'empêcher d'associer cela aux femmes. Il devait vraiment mettre ça ?

Son petit doigt lui disait cependant que s'il refusait il le regretterait amèrement – et son cul aussi –, alors il soupira avec résignation, se déshabilla, puis fit rouler les collants le long de ses jambes. Ils étaient ultra-moulants. Il n'était pas certain d'être complètement à l'aise, surtout que ça compressait son sexe. Ce qui était sûrement le but, par ailleurs.

Au moins, Damien lui avait laissé un pantalon court à enfiler par-dessus. Voilà qu'il se sentait déjà un peu plus habillé. Il mit la chemise et le veston et il était prêt.

Il évita du mieux qu'il le put de croiser son reflet - de peur de ce qu'il y verrait - dans son chemin jusqu'à la chambre. Au moins, son Dom ne l'avait pas forcé à se maquiller comme à l'époque avec de la poudre blanche et rose !

Nerveux, il cogna à la porte de la chambre trois petits coups.

— Entre, lui ordonna la voix grave de Demon depuis l'autre côté.

Il se mordit la lèvre inférieure et tourna la poignée. Il faisait un peu sombre, mais ses yeux s'habituèrent rapidement à la luminosité ambiante. Quand il vit Demon, sa mâchoire manqua de se décrocher et il demeura figé durant quelques secondes.

L'homme portait un tricorne, une chemise en lin échancrée plus bas que ses pectoraux en dessous d'un long manteau aux attaches dorées qui descendait jusqu'à ses genoux, un pantalon foncé et une large ceinture. Demon dégaina la fausse arme de ladite ceinture et la pointa dans sa direction. Cole trouva que le pistolet *steampunk* avait un aspect plutôt réaliste.

— Sois sage, montre-moi tes mains et recule, sale chien anglais !

Cole leva les bras tout en comprenant où voulait en venir Damien et à quoi tout ce cirque rimait.

— Du *roleplay*..., murmura-t-il comme une révélation.

C'était bien sur sa liste et ça paraissait assez amusant pour l'instant, il joua donc le jeu. L'embout de l'arme contre la gorge, il recula jusqu'à être acculé contre un poteau de métal que Damien avait installé pour l'occasion devant le lit. L'homme en avait fait l'achat quelques années auparavant dans un sex-shop, il était a priori destiné aux performances de *pole-dance*, mais Demon ne manquait jamais d'imagination pour lui trouver une autre utilité.

Le Dom utilisa une corde épaisse pour attacher Cole au

mât. Puis, il se servit du canon de son pistolet pour lui relever le menton.

— Dis-moi, tu as plutôt une belle gueule, pour un Anglais.

Cole serra la mâchoire et fusilla son tortionnaire du regard.

— Maintenant, je me demande bien ce que je vais pouvoir faire de toi... Ton bateau a coulé, tu es le dernier survivant de ton équipage, *capitaine*, et nous avons déjà saisi tous les trésors de ton navire avant de le faire plonger... J'avais prévu de demander une rançon au roi, mais je suis déjà riche, cela me serait profondément inutile... et d'un autre côté, gâcher ton joli minois serait une *telle* perte !

— Jamais un pirate de votre race ne posera ses sales pattes sur moi ! protesta Cole, entrant pleinement dans son personnage, si bien qu'un fugace sourire étira les lèvres de Demon avant de disparaître aussitôt.

— Ne m'oblige pas à te faire taire ! rétorqua le pirate, tout son sérieux retrouvé, en enfonçant le canon de son arme dans la bouche de l'Anglais.

Le prisonnier grimaça et toussa en goûtant la graisse et le métal sur sa langue. Damien fit tournoyer le canon de son arme, appréciant de voir les lèvres de Cole s'ouvrir en un O parfait pour l'accueillir.

— Je peux te laisser le choix, poursuivit-il, le choix entre me servir de putain personnelle ou servir de putain à tout mon équipage. À défaut d'avoir des femmes sous la main, mes matelots seraient plus qu'heureux de pouvoir se satisfaire avec ton corps... en plus, je suis certain que tu es encore vierge, du moins, *d'ici*...

Le pirate termina sa phrase en glissant une main entre les jambes de Cole, passant ses doigts entre ses fesses à travers du tissu de son pantalon. Le captif essaya aussitôt de refermer les jambes, rougissant jusqu'à la racine des cheveux.

— On dirait bien que j'ai raison...

Il retira le canon de son arme et serra le pistolet dans sa ceinture.

— Allez vous faire foutre !

— Mais ce sera pour bien assez tôt…, promit-il, narquois. J'attends toujours ta réponse ?

— Ai-je vraiment le choix ?

— Eh bien, je pense que si je te donnais en pâture à l'équipage, tu n'y survivrais pas… et je suppose que tu tiens un tant soit peu à ta vie et peut-être encore plus à ta fierté et ton honneur.

Cole ferma les yeux. Il voulait se battre et être fort, mais il pouvait à peine bouger. Il se résigna. Demon le scruta quelques instants, puis sa main vint descendre le pantalon de son prisonnier sur ses cuisses. Du bout du doigt, il traça le contour du sexe de Cole à travers le collant, le faisant frissonner.

— Pour un puceau, tu me sembles bien réactif…, commenta-t-il sur un ton grossier, alors qu'il sentait la virilité de son vis-à-vis se tendre à son toucher.

Cole laissa échapper un gémissement involontaire, alors que Demon caressait son sexe. Au même moment, le pirate défit les lacets de son pantalon, dévoilant un membre fièrement dressé aux veines apparentes.

— Ne me touchez pas !

— Tu ne pourras rien faire pour m'en empêcher… et pire : tu vas en redemander !

Il attrapa les cuisses de son partenaire et le souleva de terre au prix d'incroyables efforts qui firent saillir ses muscles. Il déposa les chevilles de Cole sur ses épaules, puis ses mains déchirèrent avec brusquerie les collants blancs au niveau de ses fesses, libérant ainsi le passage pour pousser deux phalanges lubrifiées dans la mince fente rosée. L'Anglais balança ses hanches vers l'avant, alors que Demon ouvrait ses chairs, le préparait.

Tout le corps de Cole lui était douloureux, contorsionné ou tendu, mais rien n'équivalait le plaisir qu'il ressentait à avoir les doigts du Dom en lui. Au bout d'un moment, Demon retira cependant son index et son majeur pour les remplacer par le bout de son membre, recouvert d'un préservatif en quelques secondes, qui vint s'appuyer contre l'intimité du prisonnier.

— Non, non, non... Tout, mais pas ça ! Pitié ! supplia Cole dans son personnage.

Le pirate n'écouta rien et continua de s'enfoncer en lui, centimètre après centimètre.

— Tu me supplieras pour autre chose dans quelques minutes... !

La virilité de Demon s'enfouit jusqu'à la garde. Cole cria quand il le sentit heurter sa prostate de plein fouet.

— Vas-y, crie et ne te retiens pas ! Tu es si bon, *capitaine* ! J'ai l'impression que tu m'aspires à l'intérieur !

La main libre du Dom se glissa sous sa chemise blanche et vint pincer son téton, le faisant rouler entre le pouce et l'index, le martyrisant jusqu'à ce qu'il ne sente plus rien. Et alors, il s'attaqua au second.

Ses lèvres frôlèrent aussi sa peau sensible, la marquant d'un coup de dents ici et là ou d'un suçon plus loin. Il lui vola aussi des baisers fiévreux sur les lèvres, remplis d'ardeur et de possessivité.

Demon le baisait avec une sauvagerie que Cole ne lui avait jamais vue avant. Il le baisait vite, bien et fort.

— S'il vous plaît, s'il vous plaît, s'il vous plaît..., répéta Cole comme une litanie d'incantations.

— « S'il vous plaît », quoi ?

— Laissez-moi... laissez-moi jouir, supplia l'aristocrate anglais, les larmes au bord des yeux.

— Si c'est demandé *si* gentiment...

Demon s'extirpa une dernière fois avant de replonger en Cole. Le jeune homme fut incapable de se retenir et il jouit, le corps secoué de spasmes. Le Dom le rejoignit peu de temps après avec un grognement bestial.

Une fois revenu au calme, Damien détacha Cole du mât et lui sourit de toutes ses dents.

— Tu t'es bien débrouillé, affirma-t-il, et je dois avouer

que tu es très sexy en collants... Je devrais t'en faire porter plus souvent !

Cole rougit.

— S'il vous plaît, non !

— Ça, j'ai bien peur que ce ne soit pas à toi d'en décider...

Un peu plus tard, alors qu'il était quasiment l'heure d'aller dormir, Damien trouva Cole à la table, s'éclairant avec son téléphone, crayon à la main.

— Qu'est-ce que tu fais ? Il est l'heure d'aller dormir, Cole !

— Je cochais sur la liste ce que nous avons fait aujourd'hui.

C'était fou comme les jours s'enchaînaient vite. Il ne lui en restait peut-être plus que quelques-uns, mais il avait encore des dizaines de pratiques BDSM à tester dans ce temps limité !

Il avait hâte de voir ce que lui préparerait son Dom demain !

29

Dormir dans le même lit que Damien sans pouvoir le toucher était vraiment trop difficile. C'est pourquoi Cole et son Dom avaient passé la nuit à s'envoyer en l'air encore et encore. Au lever du jour, le pauvre soumis ne sentait même plus ses hanches ni les jambes qui y étaient rattachées, pourtant il avait un sourire béat sur les lèvres, tandis qu'il somnolait, blotti contre le torse du Dom, écoutant les battements de son cœur et sa respiration lente.

Damien ne paraissait pas trop s'en plaindre non plus.

C'était leur petite bulle. Le calme avant la tempête.

Et Cole se prit à rêver qu'ils pourraient s'enfuir tous les deux, sans rien laisser derrière, recommencer à neuf. Mais Damien avait toute sa vie à New York, il ne serait jamais prêt à partir…

Plus tard dans la journée, tout juste à l'heure du dîner, Demon désigna la table de la salle à manger du doigt et ordonna à Cole sans la moindre explication :

— Déshabille-toi et allonge-toi là.

Sachant qu'il ne devait pas poser de questions, même s'il devait bien en avoir une dizaine en tête, Cole se contenta d'obéir. Le bois de la table était glacial contre sa peau. Les yeux rivés au plafond, il respirait bruyamment, se demandant ce que pouvait bien préparer Demon.

— Je te conseille maintenant de ne plus bouger du tout ou je te punirai au moindre mouvement, prévint sévèrement le Dom.

Cole tourna la tête pour apercevoir, du coin de l'œil, Demon qui tenait une curieuse petite boîte.

— Je t'ai dit de ne pas bouger ! le réprimanda l'homme en lui claquant sèchement l'intérieur de la cuisse de la paume de sa main.

Le soumis glapit et redressa la tête, se promettant à lui-même de ne plus faire le moindre geste (même s'il avait désespérément envie de se gratter) !

Damien souleva le couvercle en plastique de sa boîte et prit le premier sushi entre ses doigts. Il le déposa sur un des tétons de Cole avec précaution, sous le regard étonné de celui-ci.

— Tu me sers de table pour le souper, aujourd'hui, alors tu ne dois rien faire tomber, précisa Demon, et si tu es sage, tu auras peut-être droit à ta part toi aussi !

Cole arrêta momentanément de respirer. Juste le temps pour Demon de poser un autre sushi au saumon-avocat sur son téton libre. Il essayait de demeurer parfaitement immobile et, par chance, les sushis lui donnaient un coup de main puisqu'ils étaient juste assez collants pour tenir en place. Le Dom plongea à nouveau sa main dans son bentô et commença à tracer une ligne de riz et d'algues le long du torse de son soumis. Il décora aussi la surface de ses cuisses et il en déposa même un en équilibre sur ses testicules.

Cole déglutit et ferma les yeux. C'était froid, humide et, surtout, précaire. Il aurait voulu supplier Demon de commencer à manger rapidement, de peur de faire tomber un onéreux roulé aux fruits de mer entre-temps.

— Il manque une dernière chose.

Damien ouvrit le petit sachet de sauce soja et en versa le contenu d'une traite sur le torse de Cole, couvrant les sushis qui y reposaient. Le liquide resta bloqué en petite quantité entre les lignes de ses abdominaux et le creux de son ventre.

— Parfait.

— Tu as l'air absolument délicieux, Cole, commenta-t-il avec un sourire suffisant, à croquer !

Le Dom se saisit d'un sushi au hasard sur son torse et le trempa dans la sauce soja avant de l'apporter à sa bouche pour l'avaler tout rond, le tout sans lâcher son magnifique soumis du regard.

— Mmm... Délicieux, déclara-t-il. Tu veux goûter ?

L'avocat frissonna des pieds à la tête, tout en s'efforçant de ne pas bouger d'un seul iota.

— Allez, prends une bouchée, dit le Dom en lui présentant un sushi qu'il tenait entre ses dents.

Cole releva difficilement la tête et leurs lèvres se touchèrent, tandis que le soumis prenait une bouchée.

— J'ai raison : *délicieux*, n'est-ce pas ?

Il hocha timidement la tête en guise de réponse, refusant de prendre le risque d'esquisser un mouvement trop brusque et de faire tomber le repas.

Demon se pencha sur Cole en agrippant les deux côtés de la table. Ses lèvres effleurèrent la peau de son partenaire, et il aspira doucement un peu de sauce. Puis, il croqua le sushi posé sur le mamelon de son soumis, l'engloutissant d'un seul coup, tout en relevant juste assez la tête pour croiser le regard de Cole et lui offrir un sourire salace.

Le petit manège recommença plusieurs fois jusqu'à ce qu'il ne reste plus que le sushi sur la virilité du soumis. Le sourire de Demon s'étira. Il commença par embrasser le cou de Cole, lui mordillant la peau pour y laisser des marques. Il lécha ensuite une ligne invisible partant de du sternum de l'avocat jusqu'à son nombril. Il s'arrêta un instant, puis glissa la langue le long du membre de Cole avant de manger le sushi.

Le soumis gigota, puis gémit. Retenir son érection pour ne pas bouger et faire tomber la nourriture avait été pénible.

— Il est l'heure de passer au dessert, maintenant..., gronda Demon près de l'oreille du soumis.

Il se recula un instant, et Cole l'entendit secouer une cannette. Quelques secondes plus tard, il sentit quelque chose d'horriblement froid – encore plus que les sushis – contre sa peau. Il manqua de sursauter !

Damien était en train de le recouvrir de crème fouettée et de chocolat !

— On dirait une magnifique sucrerie, commenta l'homme en admirant son œuvre de pâtissier amateur. Il ne faudrait pas que tout cela fonde : il faut se dépêcher de savourer avant qu'il ne soit trop tard !

Le Dom plongea son index dans la crème fouettée et vint le porter à ses lèvres, le suça.

— Tu dois vraiment y goûter, c'est tout juste assez sucré !

Il répéta le mouvement, mais posa son index contre la bouche de Cole qui l'entrouvrit aussitôt.

— Lèche bien tout, lui ordonna le Dom.

Lorsqu'il eut terminé, Demon replongea les doigts dans la crème et les fit glisser jusqu'aux cuisses de son soumis. Il descendit derrière la virilité de ce dernier et vint caresser la raie de ses fesses. Les jambes de Cole tremblèrent. Pour une fois, il aurait apprécié que son Dom le menotte et l'attache, rien que pour être certain qu'il ne pourrait pas bouger.

Damien taquina son intimité avant d'y faire pénétrer un doigt, puis deux, pour le faire crier. Ce qui fonctionna d'ailleurs très bien. Le Dom avait une sorte de don pour mettre littéralement le doigt sur sa prostate plus vite que l'éclair ! Cole gémit en laissant ses cuisses s'écarter d'elles-mêmes. Son sexe commença à durcir entre ses jambes, et son partenaire ne perdit pas une seconde pour refermer ses lèvres autour de ce dernier afin d'y lécher la crème fouettée et le chocolat.

— Tu es tellement sucré… Est-ce que tu vas jouir pour moi, *sweety* ? Laisse-moi te goûter…

Tandis que sa main libre manipulait les boules de Cole et s'attardait à la base de son sexe, sa bouche s'occupait du reste. Le soumis arqua son dos et il renvoya la tête en arrière où elle cogna le bois de la table, haletant.

— Je vais… je vais…, tenta-t-il de prévenir en vain.

Son corps était rouge et parcouru de spasmes. Il cria en atteignant le septième ciel. Il observa la pomme d'Adam descendre et remonter dans la gorge de Demon, alors que ce dernier avalait tout.

— Un goût de chocolat et de vanille, affirma-t-il avec suffisance.

Il s'essuya les lèvres du revers de sa manche et lécha une dernière ligne de coulis au chocolat avant de se redresser.

— Et si je te baisais sur cette table ? proposa-t-il presque nonchalamment.

Cole ne pouvait pas désapprouver l'idée.

Demon fit le tour de la table pour venir se placer aux pieds de Cole. Il lui attrapa les chevilles et le tira jusqu'au bout du meuble d'un mouvement brusque qui surprit son soumis.

Le Dom ouvrit sa braguette, abaissa l'élastique de son sous-vêtement. Heureusement, il avait pris le soin de mettre un préservatif dans la poche de son pantalon. Il le déroula sur son sexe, puis empoigna la base épaisse de son membre. Cole déposa les chevilles sur les épaules de son Dom et agrippa les côtés de la table de ses mains, enfonçant ses ongles dans le bois.

L'homme s'enfouit en lui d'un seul coup de reins qui lui fit voir des étoiles. Un pli marqua le front de Demon sous l'effort, tandis qu'il puisait dans toute son énergie pour le pilonner toujours plus vite.

Une symphonie de gémissements et de grognements s'éleva dans la cuisine. Même si le dos de Cole frottait douloureusement contre la table, il ne s'en plaignit pas, complètement submergé par le plaisir qui le frappait par vagues, allant et venant.

Le Dom embrassa son torse et mordilla ses tétons, les triturant jusqu'à ce qu'ils en soient douloureux. Sa main s'enroula autour du sexe de son partenaire, le pompant avec rapidité jusqu'à ce qu'il jouisse pour la deuxième fois de la soirée.

Demon fut le second à jouir.

Couverts de sueur, les deux hommes restèrent l'un sur l'autre le temps de reprendre leur souffle.

Cole glissa timidement les doigts dans les cheveux sable de Demon, les caressant doucement. Il avait un peu peur que son Dom le reprenne pour ça, mais ce dernier paraissait plutôt apprécier la chose, alors il ne dit rien.

Mais il ne pouvait s'empêcher de penser que ces quelques jours étaient remplis de nouveautés…

30

Cole terminait sa série de trente avec les poids de soixante livres à la salle quand il décida que c'en était assez pour aujourd'hui. Son débardeur gris lui collait à la peau. Il était brillant de sueur. Ces trois heures d'entraînement intensif l'avaient vraiment tué ! Mais il fallait ce qu'il fallait... Il n'abandonnait pas sa résolution et il ne lui restait que quelques jours encore pour s'entraîner comme un forcené.

Il s'épongea le front avec sa serviette et se dirigea vers les vestiaires pour se changer. Il fit passer son T-shirt par-dessus sa tête et le tordit. Il ouvrit son casier pour prendre son sac de sport noir avec trois bandes blanches sur les côtés. Cole attrapa son déodorant et s'aspergea généreusement les aisselles et le torse. L'odeur de bois et de musc avait désormais pris en otage la pièce ! Il rangea la bouteille dans son sac et passa une main dans ses cheveux décoiffés en soupirant. Il leva ensuite les bras au-dessus de sa tête et fit rouler les muscles de ses épaules.

Le faisant paniquer et sursauter d'un seul coup, ses poignets furent brusquement capturés alors qu'ils étaient en l'air, et Cole fut plaqué contre les casiers, incapable de voir son agresseur de face. Néanmoins, il avait plutôt une bonne idée de qui il pouvait bien s'agir et un lent sourire étira ses traits...

— Tu t'es bien entraîné ? lui demanda Demon en poussant son membre contre les fesses du soumis.

— Qu'est-ce que vous faites ? On ne peut pas faire ça ici...

— Pourquoi pas ? Tu as juste à être très, très, très... *silencieux*...

Demon exerça une forte pression sur sa queue de sa main libre, lui arrachant un couinement. Cole renversa la tête et serra les lèvres le plus fort qu'il le put.

— On pourrait nous surprendre ! protesta-t-il.

Et en le disant, l'avocat se rendit compte que, en fait, c'était plutôt excitant !

— Ne t'en fais pas, il y a un cours de Zumba qui vient de commencer, on ne sera pas dérangés pour le moment…

— J'adore cette salle de sport, c'est ma préférée, je ne veux pas être expulsé et banni d'ici.

— Ne t'inquiète pas… de toute manière, tu adores ça… ou du moins, ton corps n'est pas contre, lui…, fit remarquer Demon en arquant un sourcil.

Effectivement, son sexe était désormais rigide dans la main du Dom. Il baissa les yeux, rougissant jusqu'à la racine des cheveux.

— Mais… !

— Il n'y a pas de « mais » qui tienne !

L'homme glissa une main dans son sous-vêtement, énervé par la barrière de tissu qui les séparait encore. Il descendit le pantalon de Cole et son boxer sur ses cuisses. Le plus jeune ressentit un courant d'air sur sa chair et il frissonna.

— Faites vite, dans ce cas !

Il n'arrivait pas à s'ôter de l'esprit que quelqu'un pouvait pousser la porte du vestiaire à n'importe quel moment.

Demon sourit contre sa nuque.

— Je ferai comme j'en ai envie… et ça ne dépendra que de toi. En combien de temps peux-tu jouir et me faire jouir ? C'est un tout autre genre *d'entraînement*, tu vois ? Et tu dois absolument battre ton record aujourd'hui.

Après avoir serré le sexe de Cole entre ses doigts, la main du Dom vint agripper ses fesses et se glisser entre elles, effleurant le muscle serré qui s'y trouvait. Le soumis frissonna des pieds à la tête. Il balança son bassin vers l'arrière, cherchant à inciter Demon à le pénétrer. Il voulait bien plus qu'une simple caresse !

L'homme finit par céder aux presque suppliques de son partenaire et poussa deux doigts contre ses chairs. Cole dut se mordre les lèvres pour ravaler le gémissement qui avait menacé de lui échapper. Il n'arrivait toujours pas à se figurer qu'il était en train d'avoir un rapport intime dans les vestiaires de sa salle de sport préférée !

— *Tic-tac* fait le chronomètre… Tu dois te dépêcher ! *Tic-tac* !

Pour appuyer son avertissement, Demon effleura la prostate de son partenaire, lui faisant voir des étoiles. Cette fois, Cole fut incapable de retenir son couinement de plaisir et de stupeur mêlés.

— *Chuuut*… tu ne voudrais tout de même pas que l'on soit surpris et expulsés : surtout alors que tu as le pantalon aux cuisses et le cul presque à l'air ! Ce joli petit cul m'appartient totalement, tu ne peux pas le montrer à quelqu'un d'autre, tu le sais, ça, n'est-ce pas ? Ou peut-être que j'ai besoin de bien le marquer pour m'en assurer ? Dommage que je n'aie pas apporté de canne avec moi, mais ma main devrait suffire pour aujourd'hui.

Demon extirpa ses doigts de la cavité étroite de son soumis et claqua sa paume d'un coup franc sur les fesses du jeune homme qui sursauta en sifflant de douleur. Le Dom ne l'avait pas manqué, et une belle trace rouge brûlait sur son postérieur. Et, au lieu de faire mourir son excitation, la fessée la redoubla. Son sexe tressaillit, et il aurait pu se mettre à genoux pour que son compagnon y accorde une toute petite attention.

— S'il vous plaît, gémit-il, sa voix mourant sur ses lèvres et montant dans les aigus sur les dernières syllabes.

— » S'il vous plaît », quoi ? lui demanda narquoisement le Dom en pressant sa bouche contre sa nuque.

Cole gémit. Il voyait bien que Demon savait précisément ce qu'il faisait et qu'il se moquait de lui ! Le salaud !

— Laissez-moi jouir. Laissez-moi me toucher !

Le plus âgé sourit, moqueur.

— Bien sûr, susurra-t-il, il n'y avait qu'à demander.

Il relâcha les bras de Cole et s'éloigna de quelques pas.

— Vas-y, branle-toi pour moi, lança-t-il en se pourléchant les lèvres.

L'avocat frissonna en se retournant. Électrisés, ses doigts s'enroulèrent autour de son sexe avec délice. Il s'appuya contre la rangée de casiers et se masturba avec vigueur comme il l'aurait fait dans le confort de sa chambre. Le danger d'être découvert, ajouté au regard brillant de Demon qui ne le lâchait plus, était tout simplement beaucoup trop excitant. Pupilles dilatées et peau rougie, il ne tint pas plus de cinq minutes et jouit en trois longs spasmes.

Il haleta et prit quelques secondes pour recouvrer son souffle. Néanmoins, ce n'était pas encore fini.

— Serais-tu en train de m'oublier ? demanda Demon en soulevant un sourcil.

Le Dom descendit sa braguette et pointa le sol devant lui. Cole n'avait pas besoin de plus pour comprendre l'ordre. Il se laissa tomber à genoux face au barman et agrippa le membre épais de l'homme entre ses mains avant de le prendre en bouche.

— Oh ! oui, grogna Demon en plongeant ses doigts dans les boucles foncées du soumis.

Cole manqua de s'étouffer, mais il tenait à prendre l'imposant sexe de son partenaire au complet au fond de sa gorge. Il fit attention à ne pas y mettre les dents et suça Demon avec application.

Au bout d'un moment, le cœur du plus jeune rata un battement. Il entendit des pas s'approcher et la porte du vestiaire s'ouvrir. Il arrêta de bouger en écarquillant les yeux, complètement terrifié à l'idée d'être découvert, alors que Demon paraissait tout bonnement s'en foutre.

— Qu'est-ce que l'on… ? chuchota Cole.

Demon leva la main pour lui imposer de se taire. Ils attendirent quelques instants en silence.

— Je suis pourtant sûr de l'avoir laissée ici ! s'exclama une voix inconnue.

— Tu cherches ici pour rien ! Je viens de retrouver ta serviette sur le tapis roulant là-bas, espèce de tête en l'air ! répondit une autre.

Cole poussa un énorme soupir de soulagement en entendant la porte du vestiaire se refermer.

— Dépêche-toi, la séance de Zumba doit être presque terminée, le pressa Demon en tirant sur ses cheveux pour le ramener à l'ordre.

Le soumis se remit au travail en s'appliquant davantage. Plusieurs minutes plus tard, il parvint à faire jouir son Dom et à tout avaler sans en mettre partout.

— C'était parfait, dit le barman tout sourire en tapotant la tête de Cole qui se relevait déjà pour se rhabiller en vitesse.

Damien imita le soumis et remonta son pantalon et son sous-vêtement. Il ramassa ses affaires et se dirigea vers la porte.

— On se revoit ce soir, à tout à l'heure.

31

Ils avaient fait tellement de choses au cours des derniers jours. Des tas de *nouvelles* choses. En aussi peu de temps, Cole n'avait évidemment pas coché toutes les pratiques qui s'étaient retrouvées sur sa liste, mais il en avait au moins réalisé une bonne partie.

La veille, Demon avait essayé l'étranglement contrôlé sur lui et avait commencé à le préparer pour le fister éventuellement. Le Dom l'avait aussi forcé à porter une petite culotte en dentelle et des vêtements féminins. Il n'avait jamais été aussi humilié de toute sa vie ! Ni aussi excité…

Néanmoins, les jeux touchaient maintenant à leur fin… Le procès était prévu deux jours plus tard, et ils avaient convenu de se séparer vingt-quatre heures avant. Ils voulaient certes passer le plus de temps ensemble possible, mais ils devaient réfléchir à tout cela à tête reposée et arriver au tribunal sans être trop influencés, ce qui aurait été impossible s'ils avaient passé la nuit tous les deux.

— Tu es certain que tu ne veux pas que je te raccompagne chez toi ? proposa Damien pour la énième fois.

Cole secoua la tête, la main sur la poignée de la porte d'entrée.

— Non, c'est bon, je vous assure. Je vais me débrouiller.

Non seulement il voulait être indépendant au maximum tant qu'il le pouvait encore, mais il savait qu'il avait le cœur si serré et si lourd qu'il allait s'effondrer en larmes s'il se retournait face à son Dom. Il ne serait alors plus capable de partir.

Il agita rapidement la main, et laissa la porte se refermer derrière lui, et ce fut comme si son cœur se fermait hermétiquement. Il ignorait si Damien voudrait encore de lui après les horreurs que le procès mettrait en lumière. Pour le moment, il préférait néanmoins ne pas y penser, même si c'était la seule chose qui allait et revenait dans sa tête.

Incapable de rentrer chez lui, Cole finit par choisir un hôtel. Ce n'était pas ce qui manquait à New York. Il se loua une suite avec un grand lit près de la fenêtre où il pourrait écouter le brouhaha, les coups de klaxon et les sirènes caractéristiques de « la ville qui ne dort jamais ». Ça l'aiderait à ne pas se sentir seul et à pouvoir ainsi fermer l'œil. Il devait distraire son cerveau ou il deviendrait fou à force d'imaginer les pires scénarios qui soient.

Même pour Damien, la nuit fut plus difficile que prévu. Après presque dix jours passés avec Cole chez lui et dans son lit, les draps froids près de lui et le fait de ne pas pouvoir enrouler son bras autour d'un corps chaud blotti contre son torse le perturbaient. Il grimaça en se retournant pour la énième fois sur son matelas, cherchant une position qui lui paraîtrait plus confortable que les précédentes. Pourtant, il avait passé trois ans seul, il aurait dû y être accoutumé. Il fallait croire qu'on s'habituait plus rapidement à dormir près de quelqu'un, plutôt qu'à être seul. Il le réalisait avec un petit goût amer en bouche...

En ouvrant les yeux, Cole grimaça. Ce n'était pas le soleil ni le bruit des chambres à côté qui le faisait ainsi grimacer dès le matin. Non, il avait mal dormi, mais ce n'était pas à cause de ça.

Il était angoissé en vue du procès et Damien lui manquait déjà. Il s'était tourné et retourné sans trouver le sommeil autrement que par à-coups durant toute la nuit. Et, lorsqu'il parvenait à dormir, il faisait des cauchemars. Tantôt il rêvait d'Éric, pendu juste sous ses yeux, se balançant dans le vide en le regardant droit dans les yeux, tantôt Damien lui criait dessus et le larguait. À chaque fois, il se réveillait en tremblant, couvert de sueur.

Heureusement, la nuit était finie et c'était le matin. Il ne savait pas comment il ferait pour attaquer sa (peut-être) dernière journée de liberté mais, même s'il n'avait pas du tout envie de bouger, il tenait à faire quelque chose de bien, quelque chose dont il se souviendrait longtemps pour en profiter à fond.

Après s'être habillé à grand-peine, il finit par jeter son dévolu sur une séance de décalade. Il n'aurait jamais eu le courage de faire ça, sauf aujourd'hui. Rien qu'en prenant rendez-vous avec l'entreprise qui organiserait sa descente sur un immeuble de la ville, il sentait son estomac se serrer douloureusement.

À midi, il se tenait dans le vent au sommet du building. Il retenait son souffle. Il n'aurait pas pu choisir une activité plus effrayante ! Descendre la paroi d'un immeuble à la verticale comme si on pouvait marcher sur la surface vitrée, attaché dans un harnais, était riche en adrénaline. Au bord du gouffre, Cole fut pris de doutes.

— C'est vraiment très haut, hein ? remarqua-t-il sans pouvoir s'empêcher de regarder tout en bas où les gens avaient l'air de fourmis.

Son cœur battait la chamade.

— Vous êtes attaché, lui rappela la dame qui s'occupait de sa descente. Rassurez-vous, il ne peut rien vous arriver. Vous n'êtes pas le premier à descendre aujourd'hui et j'ai moi-même descendu des dizaines et des dizaines de fois. Vous allez voir, une fois parti, vous ne voudrez plus remonter ! Si vous vous sentez en confiance, essayez de courir : c'est vraiment une sensation extra !

Elle vérifia pour la énième fois si son harnais était bien fixé et, quand elle en fut certaine, elle lui donna une petite tape dans le dos.

— Vous pouvez y aller !

Il déglutit et prit une immense respiration. Il se dit que, le lendemain, il aurait peut-être les menottes aux poignets et une combinaison orange sur le dos, alors qu'en comparaison ses petites peurs n'étaient rien.

Cole ferma les yeux et se jeta dans le vide. Ses pieds touchèrent la paroi de la bâtisse et il fit un premier pas en avant.

— Oh ! mon Dieu ! siffla-t-il.

Il avait l'impression de foncer droit vers le sol. Il crut que son cœur manquait un battement, mais il était trop tard pour reculer. Il survivrait.

Alors que Cole noyait son stress du procès dans une angoisse extrêmement réelle et immédiate dans sa séance de décalade, Damien choisit de se vider de toute énergie à la salle de sport, puis de se tuer au travail.

Toute sa comptabilité était faite, le club brillait de partout tant il l'avait frotté, les salles VIP avaient été désinfectées de fond en comble... il avait tellement travaillé qu'il ne parvenait même plus à se trouver d'autres tâches à faire. Pour finir, il appela Devil. S'il ne lui avait pas téléphoné avant, c'était parce qu'il avait eu peur d'éclater en larmes dans ses bras. Mais il se sentait mieux maintenant. Il était certain de ne même plus avoir l'énergie nécessaire pour pleurer.

— Tu veux que je vienne ? proposa son ami. Je te jure que je n'avais rien de prévu ce soir et que tu ne me déranges pas.

— Et Terrence ? s'enquit Damien.

— Il survivra si je le laisse un soir tout seul.

Le Dom ne résista pas à la tentation de taquiner un peu son vieil ami. Voilà qui le remettait facilement de plus joyeuse humeur.

— Tu en es certain ? Tu vas devoir repousser sa discipline...

— Ne t'en fais pas avec ça, Dam', je suis assez grand pour gérer ma vie sexuelle.

— Après tout, tu as appris du meilleur !

— Je te préviens, si tu continues avec ça, je pourrais ne pas venir.

Ils étaient amis depuis assez longtemps pour que Damien sache que Devil était réellement capable de lui poser un lapin et de ne pas se pointer chez lui s'il l'énervait trop. De toute manière, qui pourrait l'en blâmer, alors qu'il avait un magnifique soumis aux airs d'ange qui l'attendait sur le lit ? Néanmoins, plutôt que de laisser son ami se prélasser avec Terrence, il préféra se taire.

Il avait besoin de compagnie ce soir. Et si ça pouvait être assorti d'alcool, ce serait encore mieux.

Ça avait été génial.

Cole n'avait pas d'autres mots pour décrire son expérience de décalade. Si au départ il avait été très effrayé, il s'était rapidement pris au jeu. À mi-building environ, il avait essayé de bondir et de courir comme lui avait suggéré l'employée tout en haut. Même si son cœur avait manqué de s'arrêter, il serait prêt à recommencer n'importe quand !

Arrivé tout au bas, il était essoufflé comme s'il venait de faire un marathon, mais un grand sourire étirait ses traits malgré tout. Il levait la tête pour regarder le sommet de l'immeuble et s'impressionnait lui-même parce qu'il pouvait presque avoir le vertige rien qu'en jetant un coup d'œil !

— Putain, waouh, répéta-t-il pour la énième fois.

Devil et Damien en étaient à ouvrir leur deuxième bouteille de champagne. Ils riaient et se racontaient des plaisanteries grivoises. Du coin de l'œil, Devil surveillait la consommation de son meilleur ami afin qu'il ne boive pas à outrance. Néanmoins, pour le moment, tout allait bien. Pour éviter qu'il ne déprime en pensant au procès de demain, Devil fit une rare exception à son code de vie et dévoila quelques détails croustillants sur sa vie intime à Damien ; ce qu'il ne faisait jamais habituellement.

— Alors, ça a été chaud, hein, quand vous êtes retournés chez vous après ta demande en mariage ?

— Très.

— Mais encore ?

Devil soupira. Il se pinça l'arête du nez et ferma les yeux durant un instant, comme pour se convaincre lui-même de ce qu'il s'apprêtait à révéler pour occuper l'esprit de Damien. Qu'est-ce qu'il ne ferait pas pour lui, hein ?

— Nous étions trop pressés pour attendre d'être rentrés... Nous l'avons fait dans ma voiture près d'ici dans un stationnement souterrain où il n'y avait personne... et on l'a refait à la maison après.

Damien le regarda avec de grands yeux.

— Dans ta précieuse voiture !

— Tout a été nettoyé, assura-t-il.

— Si tu le dis... et vous avez fait quoi à la maison *exactement* ?

À la fin de la soirée, Damien était parvenu à extirper bien plus de détails de la part de Devil que ce dernier aurait bien voulu donner... !

Cole décida de se coucher tôt pour être en forme. Il était toujours angoissé, mais il était tellement fatigué par sa journée qu'il trouva plus rapidement le sommeil qu'il ne l'aurait imaginé.

Et ce fut la même chose pour Damien. Son corps était si épuisé qu'il n'avait même plus la force de se retourner.

La solitude leur pesait, mais ils se retrouveraient le lendemain... ne restait plus qu'à savoir pour combien de temps... ?

32

Il y avait la décalade, l'adrénaline de se jeter du haut d'un building de trente étages et de courir vers le sol, et il y avait *ça*, le procès. Cole ne pouvait pas dire lequel était le plus effrayant entre les deux. Il n'avait eu envie de se plonger ni dans l'un ni dans l'autre.

Il termina d'ajuster la boucle de son nœud papillon du même bleu que ses yeux et s'observa quelques secondes dans le miroir. Il avait l'habitude de travailler avec de beaux habits, mais il s'était vraiment mis sur son trente et un aujourd'hui. Il aurait aimé que ce soit pour une occasion différente…

Lorsque Damien passa devant la glace, il se fit la même réflexion. Il ne mettait jamais de complet pour travailler dans son club. Il préférait s'habiller décontracté. Il ne devait avoir qu'un ou deux costumes dans toute sa garde-robe. La prochaine fois qu'il porterait un veston et une cravate, ce serait pour le mariage de Devil. Pourquoi devait-on mettre le même genre de tenue pour les événements joyeux que pour ceux que l'on aurait préféré oublier ? Ça n'avait aucun sens. En sachant qu'il avait porté ces vêtements aujourd'hui, les ressortir pour le mariage lui semblait incohérent…

Devil avait suggéré de l'accompagner au tribunal, mais il avait gentiment refusé. Il préférait s'y rendre seul. Il n'avait pas envie qu'on le voie pleurer. Il ne voulait pas se sentir vulnérable devant les autres. La journée allait sûrement être déjà suffisamment horrible comme ça.

Grimper les marches du palais de justice lui parut durer une éternité.

Cole était avocat. Il connaissait ses droits. Il savait aussi ce qu'il risquait. Il connaissait les preuves qui allaient être montrées et il savait que Damien allait aussi les voir. Il priait pour ne pas le croiser. Pas tout de suite. Ni après. Il ne voulait pas voir le dégoût dans ses yeux, ni même la pitié. Quant à Travis et aux autres, il ne voulait pas non plus les rencontrer, mais il savait pourtant ce rendez-vous inévitable. Toute sa vie, son emploi, sa relation avec Damien, son avenir… tout allait dépendre de ce que ses amis diraient au juge et de ce que celui-ci en penserait. Il s'était dénoncé lui-même, il avait accepté de plaider coupable, sa peine serait forcément allégée quoi qu'il en soit. Malgré tout, il avait peur. Il avait la boule au ventre.

Tout en haut du grand escalier, Damien prit une grande inspiration. Il n'était plus qu'à quelques pas de l'immense porte. Voulait-il vraiment la franchir ? D'un côté, Warren allait enfin être vengé et la justice allait tomber, tout ce qu'il n'avait pas arrêté de souhaiter depuis trois ans. D'un autre côté, l'homme qui partageait son quotidien allait peut-être être condamné à la prison juste sous ses yeux, alors qu'il serait une nouvelle fois impuissant face à ce qui advenait. Échouerait-il à protéger *deux* soumis ? Était-il un aussi mauvais Dom que ça ?

Cole déglutit. Il allait être son propre avocat. Il serra la mallette qui contenait tous ses dossiers jusqu'à ce que ses jointures en soient blanches. Ça lui faisait bizarre de transporter des papiers sur lui-même, servant à le défendre. Au moins, il n'avait plus à défendre Travis. Il ne pouvait plus le faire au détriment de son ami d'enfance parce qu'il était en conflit d'intérêts.

Juste avant d'entrer dans la salle d'audience, c'est là qu'il le vit. Les prunelles d'un bleu océanique de Cole rencontrèrent celles miel de Damien. Ils se dévisagèrent. Ça ne dura que quelques secondes, mais c'était comme si le temps s'était arrêté. Puis, ils se détournèrent aussi rapidement l'un de l'autre et pénétrèrent dans la pièce, allant chacun de leur côté.

À gauche du juge, Cole alla rejoindre la table des accusés, tentant de garder la tête haute malgré tout. Travis était déjà là, l'air sombre. Il le salua à peine. Il revit aussi ses deux autres anciens amis. Aujourd'hui était la dernière journée de la vie telle qu'ils la connaissaient. Ils s'observèrent, tentant d'imaginer comment était la vie des autres, où ils en étaient rendus, ce qu'ils faisaient chaque jour, mais aucun mot ne fut prononcé.

Le juge entra par la porte arrière, fier et imposant dans sa toge noire. Il prit place et son marteau frappa son socle, annonçant le début de l'audience. Ce fut comme un brusque rappel à la réalité. Les vraies choses commençaient.

Les chefs d'accusation furent nommés un à un. Il fut lui-même accusé d'avoir porté assistance, et donc d'être complice, à un homicide involontaire. Aucun d'eux n'était venu avec la ferme intention de tuer Warren ce jour-là, mais les choses avaient dégénéré et c'était tout de même arrivé... Les peines pour un homicide involontaire étaient moins grandes, même si elles allaient de quinze ans d'emprisonnement à la perpétuité dans l'État de New York. Mais comme il n'était que complice et qu'il n'avait porté aucun coup, si les autres disaient la vérité, il pouvait s'en sortir avec bien moins que ça. Travis n'aurait pas cette chance ni les autres... Et c'était tant mieux.

— Que plaidez-vous ?

— Coupable, répondit-il d'une voix forte et confiante.

Il y avait des vidéos, toutes les preuves étaient là, rien ne servait de plaider non coupable. Mieux valait tenter de faire alléger sa peine et de mettre des facteurs atténuants en avant.

Travis était combatif et arrogant, mais il se fit probablement la même réflexion que lui. En définitive, ils plaidèrent tous coupable. Les accusés savaient qu'il était avocat et prenaient donc exemple sur lui en se disant qu'il devait savoir ce qu'il faisait.

Les premiers débats tournèrent autour de leur enfance.

Ignorant du mieux qu'il le pouvait la présence de Damien, tapis au fond de la salle, Cole se lança dans la narration de sa biographie et de celle des autres. Il raconta ainsi au juge son enfance esseulée en Angleterre, comment ses parents n'étaient pas présents au quotidien et comment il avait été initié très jeunes aux concepts qui ne devaient être réservés qu'aux adultes. Son père tenait à ce qu'il ait une bonne éducation, qu'il apprenne un instrument, qu'il sache parler plus d'une langue, qu'il sache danser, qu'il connaisse les mathématiques, la politique et la finance... tout ça alors qu'il était toujours un enfant. Il raconta aussi que ses parents et ceux des autres exécraient les homosexuels, qu'on les avait élevés dans cette homophobie dès le berceau.

Puis, vint l'histoire d'Éric, son *coming out*, son rejet par sa famille et le plaquage de Warren. Un des accusés dut terminer le récit à sa place parce que sa gorge s'était serrée et les larmes lui étaient montées aux yeux rien qu'en se remémorant le funeste jour où il avait appris son suicide.

Ensuite, ils se rassirent et le procureur prit la parole. Cole aurait voulu disparaître à cent pieds sous terre. Il parla de Warren. Il dit que c'était un jeune homme gentil, enjoué, un peu insouciant et, surtout, qu'il était sur le point de se marier quand ils lui étaient tombés dessus ce soir-là. Warren n'avait pas mérité le traitement gratuit qui lui avait été infligé. Lorsqu'il sortait avec Éric, il aimait certes toujours Damien, mais il était en pause avec celui-ci et, jeune comme il l'était, il lui arrivait de ne pas toujours bien gérer ses sentiments et de ne pas savoir ce qu'il voulait. Quand Damien était revenu dans le décor et lui avait proposé de l'épouser malgré leurs différends, il lui avait sauté au cou et avait accepté la bague sans se poser plus de questions. Il avait ensuite rompu avec Éric sans se douter des conséquences dévastatrices que cela engendrerait. Comment aurait-il pu les envisager ?

On demanda à Damien de venir témoigner à la barre. Ce

fut horrible. Cole n'osa pas le regarder, mais il l'entendit jurer sur la Bible.

— Comment était Warren ?

— Le petit ami dont n'importe qui aurait rêvé. Je ne lui aurais pas demandé sa main autrement. Il était... insouciant, souriant, presque toujours de bonne humeur, très coloré... je me rappelle qu'il lui arrivait de se maquiller, je trouvais cela incroyablement mignon.

— Il n'a donc jamais provoqué qui que ce soit ? Commis de violence ou chahuté dans un bar ?

— Non, rien de cela. Il nous arrivait de nous disputer pour certaines choses, mais jamais rien de bien grave, comme n'importe quel couple.

— Quand Warren est sorti avec Éric, étiez-vous toujours ensemble ?

— Non, nous faisions une pause. Après de mûres réflexions, j'ai pris conscience du fait que malgré ses défauts, je ne voulais personne d'autre que lui, je l'ai alors demandé en mariage et nous sommes revenus ensemble.

— Et il s'est donc séparé d'Éric ?

— Oui, c'est cela. Il lui a bien dit qu'il retournait avec moi et que nous allions nous marier. Warren n'a jamais voulu mal faire. Il était un peu naïf et, à cette période, il était troublé par ce que nous vivions, il se cherchait. Il faut se souvenir qu'il était jeune.

— Très bien. Une dernière question : comment avez-vous réagi en apprenant son décès ?

Damien serra les lèvres et il ferma les yeux quelques secondes pour reprendre son sang-froid : il refusait de pleurer devant tout le monde.

— J'étais dévasté. Il n'y a rien de plus terrible que de perdre la personne qui vous est la plus chère. Je l'aimais et il m'a été arraché du jour au lendemain sans raison...

La voix de Damien menaçait de se briser. Le cœur de Cole se serra si fort qu'il crut qu'il allait en mourir. Du coin de l'œil, il vit que le témoignage de Damien était tout aussi douloureux pour ses complices.

— Merci, c'est tout pour moi.

— La défense veut-elle interroger le témoin ?

— Non, monsieur juge.

Il ne voulait pas inutilement faire traverser tout cela à Damien encore une fois.

Vint ensuite l'interrogatoire des autres. Au fil des témoignages, il devint évident que Cole n'avait rien fait d'autre que de tenir la caméra. Son jeune âge au moment des faits joua aussi en sa faveur. Il avait été influencé par le groupe, entraîné dans une histoire avec laquelle il n'avait rien à voir. On lui avait dit que ce serait comme une blague, qu'ils allaient simplement faire avouer son infidélité à Warren et poster la vidéo en ligne. Il n'avait aucune idée que le groupe en viendrait aux mains. Ce n'était pas prévu. Cole s'était rapidement senti dépassé par les événements et il avait pris la fuite dès qu'il avait été en mesure de bouger les jambes.

Finalement, le temps des vidéos arriva... C'était ce que Cole avait appréhendé le plus. Par chance, il n'avait eu ni le temps ni le courage de filmer longuement. Il n'y avait que quelques minutes d'enregistrement avant que Cole ne déguerpisse à toutes jambes, loin de la scène du crime.

L'assistance retint son souffle quand la première image apparut. Cole se cacha les yeux durant les premières secondes, puis il osa relever la tête. Il déglutit et se figea, incapable de détourner le regard de toute cette horreur.

La scène commençait presque normalement. On aurait presque dit un groupe de potes allant rejoindre un ami à la sortie d'un bar, mais les choses tournaient vite au vinaigre. Travis hurlait sur le jeune homme, le traitant d'assassin et agrémentant son discours de plusieurs insultes homophobes. Warren s'énervait à son tour et finissait par pousser Travis. C'est à ce moment précis que les choses prenaient un tournant sombre. Au lieu de faire demi-tour et de partir, Travis avait frappé Warren en retour et ses amis étaient venus en renfort. À trois contre un, Warren n'eut aucune chance. Il y eut rapidement une escalade de la violence menant à la fin qu'on lui connaissait... Sur la vidéo, on distinguait à peine les visages des assassins qui se penchaient pour frapper Warren. Les vidéos n'étaient pas très nettes à cause de l'obscurité et des mains tremblantes de celui qui tenait la caméra, mais on pouvait en voir juste assez. C'était insoutenable à regarder et ça fendait le cœur. La vidéo terminait lorsque Cole décidait de prendre la fuite dans les rues de la ville.

Au fond de la salle, Cole entendit une porte s'ouvrir. Il tourna la tête assez rapidement pour reconnaître le dos de Damien. Ça avait dû être trop difficile à voir pour lui et il avait décidé de partir.

La preuve fut montrée dans son entièreté sous toutes les coutures, il y eut le plaidoyer final et une suggestion des peines appropriées. Le procureur proposa cinq ans de prison pour lui, vingt ans pour Travis et quinze pour les autres. L'audience fut ensuite levée.

Le juge allait à présent prendre un moment pour réfléchir à la peine la plus juste.

L'attente lui parut être interminable. La délibération dura environ trois heures, puis ils furent conviés à revenir. Cette fois, Damien était à nouveau dans la salle, le regard et la mine sombres. Il était impossible de savoir à quoi il pouvait bien penser.

Cole prit une grande inspiration et affronta son destin la tête aussi haute qu'il le put.

— Veuillez vous lever.

Le jeune homme pouvait presque entendre son propre cœur battre dans sa poitrine, lui en faisant quasiment mal. La gorge nouée, les entrailles serrées, le ventre contracté, les jambes molles et la bouche sèche comme un désert, il n'avait jamais été aussi stressé.

— Travis Miller, selon l'article 401 du Code pénal, vous êtes condamné, pour homicide involontaire, à quinze ans de prison avec une possibilité de libération conditionnelle après dix ans.

Leurs deux autres furent, successivement, condamnés à dix ans de prison avec une possibilité de libération conditionnelle après cinq ans, puis vint son tour.

— Cole Walker.

Son cœur rata un battement.

— Vous êtes condamné pour avoir porté assistance à un homicide involontaire à deux ans de travaux d'intérêt général auprès d'un foyer recueillant les jeunes homosexuels. Vous ne serez aussi plus en mesure d'exercer votre profession pendant la durée de la peine.

L'air contenu dans ses poumons se vida d'un seul coup, et ses yeux s'agrandirent.

Il n'avait retenu que deux choses.

Il pourrait redevenir avocat.

Et il n'allait pas en prison.

Il tourna la tête et essaya tout de suite de croiser le regard de Damien dans l'assistance. Tout ce qu'il espérait, c'était de ne pas y trouver du dégoût.

33

Il avait quelques économies de côté, mais Cole ignorait si cela suffirait à couvrir son train de vie pour les deux prochaines années. Sans possibilité d'exercer le droit, il ne savait pas ce qu'il ferait. Il n'avait aucun autre revenu…

En dernier recours, il n'aurait d'autre choix que de prévenir son père. En apprenant l'affaire, son patriarche serait furieux et essayerait de l'étouffer auprès des journaux et des autres médias. Son père le forcerait aussi sûrement à revenir en Angleterre dès qu'il pourrait à nouveau quitter les États-Unis… Il perdrait l'indépendance et la confiance pour lesquelles il avait si ardemment travaillé durant ces dernières années.

À la sortie du tribunal, les émotions se bousculaient dans sa tête. Il se sentait mal et coupable pour ce qui attendait ses vieux amis… Jamais il n'aurait pensé que ça se terminerait ainsi. Et, s'il s'était lui-même préparé à l'horreur de la prison, qu'en était-il de Travis et des deux autres ? Il pensait aussi à Damien qui n'avait pas pu supporter de voir les vidéos… lui pardonnerait-il ? Accepterait-il de lui reparler après ça ?

En descendant les marches quatre à quatre comme dans un puissant élan de liberté, il chercha Damien du regard. Tout en bas, il finit par distinguer ce qui lui semblait être la silhouette de l'homme. Il s'arrêta un instant, prit une courte inspiration pour se donner du courage et le rejoignit en quelques enjambées rapides. Il lui tapa l'épaule pour attirer son attention puisqu'il lui tournait le dos.

— Damien...

Le Dom pivota pour lui faire face. Son expression était fermée. Il était heureux pour Cole, mais il était incapable de retirer de sa tête les images qu'il avait vues dans la salle d'audience.

— Je suis désolé, Cole, répondit-il avec tristesse, pour le moment, je ne peux pas... j'ai besoin d'un peu de temps, d'accord ? Je viendrai chez toi quand je serai prêt.

Cole resta figé. Il lui fallut tout son contrôle pour ne pas se mettre à pleurer ; ses yeux lui piquaient. C'était exactement les mots qu'il avait le plus redouté d'entendre... Il savait que Damien ne voudrait plus le voir après ça ! Pourquoi était-il même surpris ? Et pourquoi avait-il osé espérer qu'il en soit autrement ?

— D'accord..., acquiesça-t-il en baissant la tête, alors que Damien s'éloignait déjà.

Il n'aurait pas pensé qu'il puisse se sentir aussi misérable. Il se sentait rejeté. C'était comme si on lui arrachait le cœur. Même si Damien lui avait dit qu'il viendrait le voir chez lui... Cole en doutait. Il n'y avait rien de moins sûr, à son avis. Après ce qu'il avait vu et entendu, Dom pourrait bien avoir changé d'opinion sur lui...

Séchant ses yeux, il s'engagea dans la direction opposée à celle de Damien pour rentrer chez lui. Après deux jours de séparation et toute l'émotion qu'avait engendrée le procès, il aurait préféré rentrer avec son Dom et passer la nuit blotti au creux de ses bras, mais... il ne se faisait plus trop d'illusions... Il ne fallait pas avoir d'attentes si on ne voulait pas être déçu. Et pourtant il ressentait un immense vide au fond de lui et une profonde tristesse.

Il s'écoula plusieurs semaines avant qu'il n'ait des nouvelles de Damien. Il avait commencé ses travaux d'intérêt général et il se rendait compte que c'était bien plus gratifiant qu'il ne l'aurait pensé. Ça ne lui déplaisait pas, en réalité. Il avait fait la connaissance de gens vraiment formidables et d'une générosité débordante, mais aussi avec des jeunes pleins de ressources, intelligents et énergiques qui ne méritaient décidément pas d'avoir été mis à la rue par leurs parents simplement parce qu'ils étaient gays... Chaque jour, il y avait des histoires à lui fendre le cœur, mais aussi de beaux moments.

Il était chargé d'animer des activités avec les jeunes, de les aider à se trouver un emploi et à obtenir les fonds nécessaires pour qu'ils puissent reprendre leurs études. Le foyer pouvait financer certaines choses, mais pas tout non plus... C'est pour ça qu'ils devaient trouver des donateurs et des programmes gouvernementaux adaptés.

Un soir, il eut une discussion avec un jeune pensionnaire du centre, Daevon, âgé d'à peine seize années, rempli de colère et de frustration, qui le marqua.

— Vous ne pouvez pas comprendre ! s'exclama-t-il, furieux après que Cole eut essayé de l'aider et de le réconforter. Ne faites pas semblant de comprendre ce que je vis, vous n'en savez rien ! Vous êtes juste un foutu intervenant hypocrite et on doit vous payer pour dire des conneries pareilles !

— Je ne suis pas payé..., commença-t-il par rectifier lentement avec hésitation.

— Ça ne change rien !

— Ça change tout. Écoute-moi au lieu de te braquer directement, je ne te raconte pas de la merde quand je te dis que les gens ne sont pas tous des connards dehors, qu'il y a des gens bien et que ton orientation sexuelle ne doit pas t'empêcher de réaliser tes rêves, même si ça sonne mielleux à tes oreilles.

— Pourquoi est-ce que je devrais vous croire, hein ?

Daevon le dévisagea, cherchant où était le piège dans ses propos. Il avait pour habitude de se méfier de tout le monde.

— Parce que je suis gay moi aussi.

Le jeune garçon cligna des yeux rapidement. Il n'avait pas l'air de le croire.

— Vous ? Vous êtes gay ?! Mais vous n'avez pas du tout l'air...

— L'orientation sexuelle des gens n'est pas écrite sur leur front !

— Je sais bien, mais...

— Tu trouves que tu as *l'air* gay ?

— Non, mais... !

— Alors, il n'y a rien à y redire. Un mec efféminé peut être gay, comme il peut ne pas l'être et un mec plus viril aussi !

— Et... comment est-ce que vous l'avez su ?

— Je pense que je l'ai toujours su, quelque part... mais j'ai eu du mal à l'accepter parce que ma famille n'est pas du genre très « gay-friendly »... Je me suis vraiment accepté quand j'ai rencontré l'homme dont je suis tombé amoureux.

Cole s'arrêta net en réalisant ce qu'il venait tout juste de dire à voix haute. C'était sorti tellement naturellement... Il s'en doutait depuis un moment maintenant, mais placer des mots - même involontairement - sur ses sentiments lui faisait un grand bien. Toutefois ça lui rappelait aussi douloureusement qu'il n'avait pas revu Damien depuis plusieurs semaines. Il se demandait même si l'homme ne l'avait pas oublié... peut-être que le Dom avait cherché à l'effacer de sa vie ? Après les vidéos, ce serait normal... Il avait souvent pensé à aller le voir chez lui ou à son club, mais ça aurait été lui manquer de respect que de forcer son retour dans sa vie...

— La chance ! Il s'appelle comment ?

Daevon le sortit de ses pensées.

— Damien, murmura-t-il, il s'appelle Damien...

34

— Des semaines ?! s'exclama Devil avec incrédulité. Tu ne l'as pas vu depuis tout ce temps ?

— Il me manque parfois..., avoua Damien en attrapant un verre sur le rebord du bar pour le nettoyer.

Après dix jours passés avec Cole, il ne s'habituait toujours pas à la sensation des draps froids près de lui lorsqu'il se couchait le soir sans personne pour l'attendre.

— Alors, dans ce cas, pourquoi...

— Tu n'as pas vu la vidéo, le coupa le barman. Ce qu'ils ont fait à Warren... je n'ai pas pu supporter de regarder jusqu'au bout... je suis sorti avant la fin de l'audience...

— Tu aurais dû me laisser t'y accompagner. Si seulement tu n'étais pas aussi fier et entêté !

Damien reposa le verre propre dans l'armoire vitrée.

— J'avais besoin de faire ça seul, déclara-t-il, sans pour autant parvenir à convaincre Devil.

— Qu'importe, répliqua l'autre homme, tu devrais le recontacter. Il te manque et pendant ces deux semaines que vous avez passées ensemble, tu étais au courant de son implication dans l'agression, il ne t'a rien caché. Tu aurais même pu voir la vidéo avant le procès si tu avais voulu. Et ça n'a rien changé à ce que tu ressentais à ce moment-là...

Son ami n'avait pas tort, mais pouvait-il vraiment passer par-dessus les preuves qu'il avait vues pour Cole ? Ressentait-il quelque chose d'assez puissant pour que ce puisse en valoir la peine ?

— Mais les choses peuvent changer... Les sentiments sont variables... et incontrôlables.

— Tu devrais songer à leur laisser libre cours, dans ce cas, lui suggéra Devil en prenant une gorgée du rhum qu'il lui avait servi.

Damien resta silencieux. Après un long moment, il se versa un verre de vodka, parce qu'il n'avait plus rien à nettoyer. Il prit une gorgée cul sec. Ça avait la saveur de l'alcool à friction et ça brûlait sa gorge, annihilait son goût. C'était parfait.

— Tu sais... ce sera *son* anniversaire bientôt..., murmura-t-il.

— Je n'ai pas oublié. Tu vas y aller encore cette année ?

— Je ne commencerai pas à faire d'exception.

Cole avait enfin un moment de libre. Son travail d'intérêt général prenait tout son temps, ce qui était en soi normal puisqu'il s'agissait de sa peine. Il le savait, il devait payer les conséquences de ses actes. Mais, même lorsqu'il était avocat, il ne lui était arrivé que rarement de travailler autant. Il aimait son job au foyer d'accueil, mais comme tout le monde... il ne crachait pas sur un ou deux jours de congé !

Il pensait passer la journée à se prélasser chez lui et à faire la grasse matinée, mais à 9 heures tapantes, sa sonnette le força à s'extirper du lit. Qui pouvait bien le déranger à une heure pareille ? C'était peut-être un agent de probation chargé de vérifier qu'il accomplissait bien ses travaux d'intérêt général. Dans cette optique, il coiffa rapidement ses mèches ébouriffées et essaya de se donner un peu d'allure avant d'aller répondre.

Lorsqu'il ouvrit la porte, une surprise l'attendait. Son cœur rata un battement dans sa poitrine.

— Bonjour. Je me suis informé, tu as du temps libre aujourd'hui, non ? Viens, je t'emmène faire une balade en voiture.

Cole observa Damien des pieds à la tête avec incrédulité, comme s'il avait peur que ce puisse être irréel. Après autant de temps, il n'attendait plus l'homme. Et pourtant, il se tenait là, devant lui, en chair et en os. Il avait aussi une bien meilleure mine que le jour du procès. Il semblait plus serein que lorsqu'ils s'étaient quittés.

— Je... oui. Laissez-moi m'habiller un instant. Entrez, entrez, en attendant.

Il courut dans tout l'appartement pour prendre des vêtements et les enfiler le plus rapidement possible. Il attrapa une pomme dans le panier de fruits pour la route et rejoignit Damien devant la porte.

C'est alors qu'il prit conscience que l'homme était habillé plus chic qu'à l'habitude (et que cela le rendait très sexy). La dernière fois qu'il avait vu le Dom vêtu ainsi, c'était le jour du procès... Peut-être qu'il revenait d'un rendez-vous d'affaires ? Ou qu'il prévoyait de l'emmener à un endroit sophistiqué ? Dans ce cas, il n'avait pas du tout la tenue de circonstance ! Avec son T-shirt et son jean, il se sentait un peu *underdressed* par rapport à Damien.

— Est-ce que je suis habillé correctement, parce que vous...

— Ça ira très bien comme ça, le coupa Damien.

Cole déglutit nerveusement, mais hocha la tête. Il faisait confiance au plus âgé. Il avait tellement attendu de le revoir, qu'il ferait n'importe quoi pour lui maintenant. Ce dont il avait pris conscience en discutant avec Daevon la dernière fois ne l'aidait en rien à se calmer. Son cœur palpitait tellement qu'il aurait peut-être une crise cardiaque avant d'arriver à destination !

Assis dans la voiture décapotable noire et luxueuse de Damien, il regarda le paysage défiler. Les gigantesques buildings de New York devenaient de plus en plus petits derrière : ils sortaient de la ville.

— Où est-ce qu'on va ?

— Tu verras.

Le Dom était visiblement décidé à ne rien lui dire. Tant pis. Il était tout simplement heureux d'être, là, avec lui.

Après environ une heure, le moteur arrêta enfin de gronder. Ils étaient arrivés. Damien descendit de la voiture et prit un bouquet de fleurs blanches que Cole n'avait pas remarqué sur la banquette arrière.

— Où est-ce que nous sommes ?

C'est alors que Cole vit le grand portail en fer vers lequel Damien se dirigeait déjà... Il sentit son cœur se serrer, tandis qu'il rattrapait l'homme qui marchait déjà entre les tombes. Le Dom savait exactement où il allait. À cette époque de l'année, les fleurs de cerisier, roses ou blanches, couvraient les arbres et le sol. Pour un cimetière, c'était magnifique.

Damien s'agenouilla devant une pierre tombale sous un des grands cerisiers et il déposa le bouquet de fleurs.

— Joyeux anniversaire, Warren, murmura-t-il.

Légèrement en retrait derrière, Cole se sentit mal à l'aise, comme s'il n'était pas à sa place. Il se figea, incapable de dire quoi que ce soit. Pourquoi Damien l'avait-il amené ici ? N'était-ce pas un endroit qui les faisait souffrir tous les deux ? La culpabilité de son implication dans le décès du jeune homme remontait à la surface, le rendant encore plus triste.

Sans prévenir, Damien lui attrapa le bras et entremêla ses doigts aux siens, le forçant à venir près de la tombe.

— Tu le vois, Warren ? Je te présente Cole. Je ne t'oublierai jamais et je t'aimerai toujours, mais je dois avancer. Je sais que c'est ce que tu aurais voulu pour moi. Pas vrai ? Cole est bien différent de toi, je ne sais même pas si vous vous seriez entendus !

Au fil des paroles de Damien, Cole sentit les larmes lui monter aux yeux et son cœur se serrer presque douloureusement dans sa poitrine.

— Mais c'est lui que j'aime maintenant. Il y a de la place pour vous deux dans mon cœur. Je vais peut-être venir moins souvent te voir, à présent, j'en suis désolé, mais cela ne signifie pas que je t'oublie. Les moments que nous avons vécus ensemble sont irremplaçables, mais il est temps que je me fabrique de nouveaux souvenirs. Avec Cole.

Il se tourna un instant pour voir le visage inondé de larmes de son compagnon. Damien lui sourit.

— Pourquoi pleures-tu ? Ne pleure pas, Cole. Trop de larmes ont déjà été versées.

— Je vous aime, je vous aime tellement !

Oui, il était amoureux et il l'avait compris depuis longtemps déjà. Il voulait être tout pour Damien, son soumis, son amant et son partenaire. Il ferait n'importe quoi pour Damien. Il était prêt à lui laisser sa vie entre les mains. Il avait l'intime conviction que le Dom le savait aussi.

Damien lui prit le visage en coupe et il l'embrassa.

Ce fut le meilleur baiser de toute sa vie.

Ils étaient prêts à avancer. Ensemble.

35

— Je n'aime pas du tout ça, grinça Devil. Habituellement, c'est moi qui mets les bandeaux, pas moi qui les porte !

Damien avait insisté pour qu'il se bande les yeux avant d'entrer dans sa voiture en direction de son enterrement de vie de célibataire.

— Oh ! allez, détends-toi, ce ne serait pas la première fois que tu portes un bandeau en ma présence !

Son ami tourna la tête dans sa direction et, même si Damien ne pouvait pas voir ses yeux, il était certain qu'il le fusillait du regard.

— La. Ferme. C'est ma soirée, alors tu la boucles ou je te promets que je vais convaincre Terrence de faire un mariage thématique cuir et menottes et que le costume du témoin va impliquer un bâillon-boule !

Damien se tut immédiatement parce qu'il savait que Devil en était bien capable. Cependant, il profita du bandeau de l'homme pour continuer de sourire moqueusement.

Il arrêta la voiture quelques minutes plus tard et, tel un gentleman, il ouvrit la portière du côté de Devil et lui attrapa le bras pour le guider.

— Où est-ce que tu m'emmènes ? demanda Devil, sur un ton quasiment désespéré.

— Fais au moins semblant d'avoir un peu confiance !

Son ami se contenta de maugréer dans sa barbe :

— Facile à dire… ce n'est pas toi qui as les yeux bandés…

Ils entrèrent dans un bâtiment, et Devil sentit tout de suite les effluves de cuir, de sexe et de boisson. Un lent sourire étira ses traits. Il savait parfaitement où il se trouvait. Damien aurait pu l'emmener n'importe où pour son enterrement de vie de garçon, mais il l'avait amené là où il se sentait bien, dans un endroit familier qu'il appréciait : son club.

Damien le fit marcher dans l'allée des chambres VIP et ils entrèrent dans une pièce où son ami de longue date le fit asseoir sur une chaise au beau milieu de l'espace.

— Ne bouge pas.

— Je n'y vois rien : comment pourrais-je aller où que ce soit ? répliqua-t-il avec un rictus sarcastique.

Devil n'aimait décidément pas être en situation où il n'avait le contrôle sur rien. Damien ignora son sarcasme et alla chercher quelque chose sur le mur du fond de la pièce. Il passa derrière son ami et, avant que ce dernier n'ait eu le temps de réagir, il lui menotta les poignets au dos de la chaise.

— Qu'est-ce que… ! À quoi tu joues ? s'exclama Devil en tirant vivement sur les menottes. Enlève-moi ça tout de suite !

Damien se mit à rire.

— Oh ! non, il n'en est pas question ! Sois un peu patient et cesse de t'agiter dans tous les sens : je te garantis que ce qui va se passer va te plaire ! J'ai préparé une petite surprise rien que pour toi !

Devil fit un effort monumental pour arrêter de bouger et garder son sang-froid. Il entendit ensuite plusieurs fois la porte de la pièce s'ouvrir et se refermer, puis soudainement une musique - quelque chose qui ressemblait à *Earned it* de The Weeknd - s'éleva à ses oreilles, d'abord faible, puis de plus en plus forte. Il y avait de quoi se demander ce que pouvait bien trafiquer Damien !

Puis, il sentit quelque chose effleurer sa nuque. Des doigts. Les mains se déplacèrent sur ses épaules et vinrent déboutonner son veston, puis sa chemise d'une manière terriblement sensuelle et lente. Elles touchèrent ensuite ses pectoraux, faisant glisser ses vêtements derrière son dos. Il y eut un souffle chaud dans son cou puis des lèvres fraîches sur le coin de sa bouche, qui suçotèrent sa peau.

Damien lui avait payé un *escort boy* ?

— Je ne peux pas faire ça, Damien, dit-il dans une ultime tentative pour appeler à l'aide.

Mais personne ne lui répondit, et l'*escort boy* continua sa manœuvre. Le corps de ce dernier se retrouva rapidement sur ses genoux, frottant son délicieux derrière contre son membre à travers son pantalon. Devil dut se mordre la lèvre, alors que son sexe se réveillait. Des doigts vinrent ensuite pincer un de ses tétons, tandis que l'autre main se glissait dans son pantalon sous lequel il ne portait rien d'autre…

— Stop ! cria-t-il. Ça va trop loin, là ! J'ai un petit ami et je vais me marier, bon sang !

Aussitôt, l'*escort boy* arrêta de bouger et il éclata d'un rire carillonnant. Devil se figea. Il reconnaissait ce rire. Il plissa les yeux.

— Terrence ?

Le rire s'accentua, et deux mains détachèrent son bandeau. Il mit un certain temps à s'habituer à la lumière, puis il reconnut Terrence, assis sur ses cuisses, qui le regardait avec un large sourire.

— Qu'est-ce que tu fais là, chiot ?

— C'est mon enterrement de vie de célibataire à moi aussi. C'est Cole qui m'a emmené ici en me disant que, pour une fois, j'avais bien le droit de faire tout ce qui me plaisait à mon Dom ! Et… vous ?

Devil secoua la tête.

— Damien m'a conduit ici de force et je me suis retrouvé avec ça aux poignets avant même de m'en rendre compte, expliqua-t-il en faisant claquer la chaîne de ses menottes.

— C'est amusant de vous voir à ma place !

— Ne t'y habitue pas trop !

— Ce n'était pas une si mauvaise idée… j'ai bien aimé moi…,

dit Terrence, amusé par le mécontentement visible de son Dom dont les mains le démangeaient sûrement de le toucher.

Qui avait-il de plus terrible que d'avoir son adorable soumis sur les genoux, mais de ne pas pouvoir le toucher ?

— Cole et Damien... ils ont tous les deux de *ces* idées... ! Ils vont bien ensemble finalement !

Les pupilles de Devil se dilatèrent et il demanda :

— Est-ce qu'ils reviennent bientôt ?

— Ils sont montés tous les deux seuls au bureau de Damien en haut et il m'a dit qu'ils nous laissaient une heure...

— Alors, détache-moi, chiot, et rentabilisons cette heure...

Damien remplit deux flûtes de champagne et en tendit une à Cole.

— À quoi trinque-t-on ? demanda le plus jeune.

— À Terrence et Devil qui sont probablement en train d'avoir le meilleur enterrement de vie de garçon dont on pourrait rêver !

— Cette idée de les réunir était géniale, admit Cole.

— Je ne l'aurais jamais eue sans toi.

— On ne les attend pas avant de boire ?

— Oh... je doute qu'ils reviennent tout de suite... !

— Dans ce cas...

Ils cognèrent leur flûte l'une contre l'autre et savourèrent la première gorgée pétillante.

— Au fait... commença Damien, chez toi, la dernière fois, j'ai vu une feuille avec tes comptes... combien de temps vas-tu encore parvenir à payer tes factures ?

Cole se rembrunit aussitôt. Il n'avait pas vraiment envie de parler de ses finances. Surtout pas avec Damien. Il tenait à lui donner l'image d'un homme responsable qui savait payer le prix de ses erreurs la tête haute.

— Je trouverai un moyen.

Cole était embarrassé que Damien ait vu l'état de ses finances.

— Tu es certain ? Parce que je pourrais t'avancer de l'argent ou…

Il se renfrogna aussitôt, excluant instantanément cette proposition. Il s'était mis lui-même dans cette situation de par ses agissements… ce n'était pas à Damien d'en payer le prix à sa place.

— Non ! le coupa directement le soumis. C'est mon appartement, j'y arriverai tout seul. Dans le pire des cas, j'appellerai mon père.

— Tu préfères appeler ton père homophobe plutôt que de me demander de l'aide à moi, ton Dom ?

— Je veux être indépendant.

— À la seconde où tu as accepté de devenir mon soumis, tu n'étais plus indépendant ! C'est mon devoir en tant que Dom de prendre soin de toi !

Cole se sentit vexé.

— Je ne suis pas le genre d'homme objet que l'on entretient avec de l'argent ! cracha-t-il en grimaçant. Gardez votre pognon pour vous !

Damien s'énerva.

— À genoux ! lui ordonna-t-il sévèrement.

Cole ne s'exécuta pas immédiatement. Il déposa sa flûte de champagne sur le bureau et affronta Damien du regard quelques secondes, avant de ravaler sa fierté et de se mettre lentement sur ses genoux, mains derrière le dos.

— Je crois que tu ne comprends pas bien notre contrat. Tu m'appartiens, Cole, tu as même mon collier pour le prouver. En tant que ton Dom, je dois te protéger et prendre soin de toi. Si tu ne me laisses pas faire, nous n'arriverons à rien. Je veux que tu gardes ton appart parce que je sais que c'est important pour toi, que tu as travaillé fort pour y accéder. Alors, il n'y a rien de mal à accepter un peu d'aide, d'accord ? Si je te prête de l'argent, tu n'auras qu'à me rembourser chaque centime avec intérêt quand tu reprendras ton métier. Je ne vais pas être clément avec toi juste parce que tu es mon petit ami, crois-moi !

Et tu pourras même travailler ici le soir pour rembourser une partie de ta dette. Après ton travail d'intérêt général, il ne t'est pas interdit de venir bosser, non ?

Une fois son monologue terminé, Damien passa derrière Cole et il le fit basculer brusquement à quatre pattes en appuyant sur ses épaules, lui faisant perdre l'équilibre, avant de lui claquer le cul à quelques reprises jusqu'à ce que la peau soit rougie sous le pantalon.

— Et ça, c'est pour t'être énervé et avoir été irrespectueux avec moi. Que penses-tu de ma proposition ?

— Il faudrait la faire valider par un avocat en fonction ou un notaire…

— Je préfère ça comme ça. Tu peux te relever.

Cole se remit sur ses jambes en se frottant le derrière d'une main.

— Ne pense jamais que je te sous-estime ou que je ne te crois pas capable d'être indépendant. Je prends juste plaisir à prendre soin de toi, lui mentionna Damien en lui volant un baiser. Tu n'es pas mon objet ou quoi que ce soit qui s'y rapproche, tu es mon soumis et l'homme que j'aime.

Épilogue

Pour la première fois depuis un long moment, Damien était heureux de porter son complet propre. C'était un jour joyeux. Il se tenait à la gauche de Devil, vêtu d'un costard noir, qui souriait, les yeux brillants. En face de lui, se tenait Terrence dans son costume blanc, le regard tout aussi pétillant. Mais le plus beau du jour, selon le Dom, c'était Cole. Près de Terrence, il était radieux.

— Dave Knight, acceptez-vous de prendre pour époux Terrence Robinson ici présent, de l'aimer et de le chérir, dans la vie comme dans la mort ?

Devil couvrit son soumis d'un regard amoureux.

— Oui, je le veux.

— Terrence Robinson, acceptez-vous de prendre pour époux Dave Knight ici présent, de l'aimer et de le chérir, dans la vie comme dans la mort ?

Terrence sautillait presque sur place.

— Oui, je le veux.

Damien tendit les alliances à Devil en lui lançant un hochement de tête qui voulait dire « Je suis avec toi, bravo. » Ils échangèrent leurs anneaux, et la célébrante leur offrit un large sourire.

— Je vous déclare dorénavant unis par les liens sacrés du mariage !

Les invités poussèrent des « hourras ».

— Vous pouvez vous embrasser.

Devil attrapa la nuque de Terrence et il lui vola un long baiser passionné. Puis, il fit pivoter son mari face à la foule.

— Mesdames et messieurs : Terrence Knight !

Le flash de l'appareil-photo les mitrailla, et les acclamations se firent plus fortes. Damien et Cole leur lancèrent du riz en félicitant chaudement les nouveaux mariés.

Malgré leur notoriété respective, ils avaient tenu tous les deux à célébrer cet événement intime loin de la portée des médias.

Un peu plus tard durant la soirée, Damien fut convié et encouragé à faire le discours du témoin. Il se leva de sa place, juste à la droite de Devil, et prit une grande inspiration. Aussitôt, le fracas des couteaux contre les coupes de champagne cessa.

— Bonjour, commença-t-il. Tout d'abord, je suis infiniment heureux de vous voir aussi nombreux aujourd'hui. Je connais Dave depuis de nombreuses années et je lui ai toujours souhaité que le bonheur. Ça n'a pas toujours été facile. Certains auront été témoins de tous les jeunes hommes qu'il a fait fuir !

Il y eut quelques rires dans la salle.

— Mais quand celui-ci est arrivé, Terrence, j'ai tout de suite su qu'ils étaient faits l'un pour l'autre. Je le savais même avant eux ! J'ai tout fait pour que Dave lui laisse une chance ! Et Dieu seul sait que ça n'a pas été facile ! Pourtant, mes efforts ont porté leurs fruits ! Et pour un homme qui ne voulait rien savoir au départ, je trouve qu'il a beaucoup changé d'avis... !

Nouveaux rires.

— Pour autant je ne m'attribue pas le mérite de la réussite de leur couple, du moins... pas *totalement* ! Mais trêve de plaisanteries si vous le voulez bien. C'est tout de même fou. Terrence est arrivé ici il y a à peine un an et demi, il ne connaissait personne, n'avait pas de travail ou de maison, puis il est arrivé dans mon bar et il a rencontré Dave. Aujourd'hui, il est un modèle qui pose pour les plus grands magazines et vous êtes plus d'une centaine à être venus assister à ce jour si spécial. Personne n'a aussi bien réussi que lui. C'est pourquoi j'aimerais qu'on porte un toast à Dave et Terrence Knight.

Il se tourna vers Devil et lui porta un toast.

— Félicitations et longue vie à vous !

Toutes les coupes de champagne se levèrent comme un seul homme pour féliciter les jeunes mariés. Damien se rassit, les joues un peu rouges. Devil se pencha vers lui ; il avait les yeux légèrement humides, mais il essayait de le cacher.

— Merci, Dam'.

Devil le serra dans ses bras, puis ils se dégagèrent l'un et l'autre rapidement en réalisant que tout le monde les regardait.

Encore plus tard, la musique était à fond et la piste de danse pleine. Terrence, juste avant de se faire inviter par Devil à rejoindre la foule dansante, remarqua même Caspian et Ryan – des amis de longue date de Damien – qui dansaient ensemble et, pour une fois puisqu'ils étaient en public, ils avaient laissé leurs attirails BDSM extrêmes au placard. Néanmoins, Ryan avait une manière un peu bizarre de se déplacer, alors il était facile d'en déduire qu'il avait dû se recevoir quelques coups de canne mérités avant de venir au mariage.

Damien contemplait tout ce beau monde avec un sourire rêveur.

— Tu ne m'invites pas ? plaisanta-t-il en jetant un regard à Cole. Tu sais, ce n'est pas grave si tu ne sais pas danser, personne ne sait ici, pas même moi !

— Je sais danser..., avoua le jeune homme dans un genre de grognement inaudible.

Damien plissa les yeux avec un sourire moqueur.

— Quoi ? Je n'ai rien entendu.

— Je sais valser, répéta Cole en devenant rouge jusqu'aux oreilles, j'ai fait du ballet plus jeune...

Damien éclata de rire.

— Quoi ? Comment ça se fait ?! Tu as suivi des cours ?

— Arrêtez de vous moquer ! Ce sont mes parents, ils voulaient que je sache danser pour les grandes réceptions et tout ça...

Damien rit de plus belle, puis s'arrêta en se souvenant de quelque chose d'important.

— Je sais que ça fait plusieurs mois, mais je me souviens qu'au procès, quand tu as parlé de ton enfance, tu as dit que tu savais jouer d'un instrument aussi ?

— Le violon et le piano...

— Et les langues ?

— Anglais, français et allemand...

Cole était de plus en plus gêné et il baissait la tête.

— Mon Dieu, tu étais un vrai premier de classe !

Cole roula les yeux, agacé.

— Bon, est-ce qu'on est là pour parler de mes connaissances ou est-ce que l'on va danser ?!

— Oh oui, amène-moi sur la piste de danse et montre-moi comment on fait l'arabesque ! continua de se moquer Damien tout en prenant la main de Cole pour le traîner dans la foule.

Le soumis ne pouvait pas rester très longtemps fâché contre son Dom. Il se blottit dans ses bras, alors qu'un slow commençait dans les haut-parleurs.

Ils regardèrent Terrence et Devil qui dansaient non loin, l'air particulièrement amoureux.

— Vous demanderez ma main, vous aussi, un jour ? demanda le plus jeune.

— Peut-être..., lui répondit Damien en sachant déjà, au fond de lui, qu'il irait acheter une bague dans la semaine.

Découvrez l’histoire de Caspian
dans *Desire*, prévu le 06/03/2024 !

Réseaux sociaux

Suivez l'autrice :

Wattpad : @Sinadana | Pensina

Instagram : @Dana-Blue-Pensina

TikTok : @Dana-Blue-Pensina

Édité par Harper Collins France.

Composition et mise en pages
Nord Compo à Villeneuve-d'Ascq

Achevé d'imprimer en février 2024

FIRMIN-DIDOT

à Mesnil-sur-l'Estrée (Eure)

Dépôt légal : février 2024.

Pour limiter l'empreinte environnementale de ses livres, HarperCollins France s'engage à n'utiliser que du papier fabriqué à partir de bois provenant de forêts gérées durablement et de manière responsable.

Imprimé en France